JN315509

小料理のどか屋 人情帖6

倉阪鬼一郎

時代小説

二見時代小説文庫

面影汁——小料理のどか屋人情帖6

目次

第一章　花弁餅《はなびらもち》

一

「やっぱり正月は縁起物だね」

隠居の季川《きせん》が、檜《ひのき》の一枚板の席から声をかけた。

「本日は仕入れがいま一つで、たいして凝《こ》ったものはお出しできませんが」

厨《くりや》から、時吉《ときち》が申し訳なさそうに言った。

「なんの。この伊達巻だけでも口福《こうふく》だよ」

季川はそう言って、のどか屋特製の縁起物をほお張った。

「ご隠居の言うとおり」

「この甘さがたまんねえや」

　座敷に陣取る職人衆が口々に言った。

「玉子をふんだんに使ってますから、ちっとも利が出ないんですが、お正月だけということで」

　相手をしていたおかみのおちよが笑みを浮かべる。

「まあ、そう言わず、始終ふるまってくんな」

「砂糖もたんと入《へえ》ってそうだな」

「甘くてうめえ」

　当時の砂糖と玉子は貴重品だ。その二つを惜しげもなく使えるのは、正月ならではのことだった。

　ここは岩本町《いわもとちょう》――。

　その角《かど》っこに、小料理のどか屋がさりげなくのれんを出している。元武士の時吉と料理人の娘のおちよ、夫婦で切り盛りしている気の置けない見世だ。

　年が改まり、文政《ぶんせい》八年（一八二五）になった。

　昨年はなにかと災いが続き、のどか屋の二人も大変な苦労をさせられた。春先の大火では三河町《みかわちょう》の見世を失い、命からがら逃げ出した。ずいぶんと難儀をしたが、禍《わざわ》い転じて福となすと言うべきか、料理の師匠の娘で見世を手伝ってくれていたおちよと晴れて結ばれることになった。

ここ岩本町で出直してからも決して平らかな道のりではなかったが、とにもかくにも年が明け、また新たな気持ちでのれんを出した。

ありがたいことに、初日から常連が顔を見せてくれた。一枚板の席に陣取っているのは大橋《おおはし》季川、時吉の師匠の長吉《ちょうきち》が浅草の福井町で営む長吉屋のなじみ客で、弟子の時吉の見世にもしょっちゅう通ってくれている。言わば、のどか屋の知恵袋だ。おちよの俳句の師匠でもあるから、暇なときは見世の一角でにわかに句会が始まったりする。

ほかにも、土地《ところ》の職人衆や、湯屋《ゆうや》や質屋のあるじなど、よく顔を出してくれる常連客がたくさんできた。三河町の見世のときから看板猫だったのどかは何匹も子猫を産み、そのうちの一匹のやまととともにかわいがられている。正月ののどか屋は、その名のとおり、のどかな空気に包まれていた。

「かの字がございますが、いかがいたしましょう」

時吉が声を落としてたずねた。

「正月の、かの字かい？」

と、隠居。

「さようです」

「なら、いただくよ。あんまり音を立てずに食べるから」

「承知しました」

時吉がそう言って差し出したのは、数の子だった。

いまでは高級品だが、当時は下卑た食べ物とされていた。嚙むと品のない音がするので嫌われたらしい。酒の肴《さかな》に数の子など、田舎者の勤番侍《きんばんざむらい》のやることだと馬鹿にされかねない。季川が数の子を好むのを知っていたから入っていることを伝えたが、ほかの客に聞こえないようにあえて声を落としたという次第だった。

「歯がいくぶん抜けてるから、あんまり派手な音も立てられないんだがね」

隠居が醬油《したじ》を、ちゅとつけて数の子をいささか恥ずかしそうに口に運んだとき、おちよの声に迎えられて客がまた一人入ってきた。

「いらっしゃいまし」

時吉が礼をした。

大家の源兵衛《げんべえ》だ。岩本町の顔役で、長屋をいくつか持っている。困っている者からは店賃《たなちん》の取り立てをしない人情家主で、源兵衛の悪口は聞いたことがないというもっぱらの評判だ。

「お、数の子だね」

せっかく「かの字」とぼかしたのに、源兵衛は大きな声で言った。

「こりゃ、お恥ずかしいところを」

季川は本当に恥ずかしそうな顔つきになった。

「いや、実を言いますと、わたしも好物でして」

源兵衛は頭をかいた。

「ちょいと差し入れで。年始のあいさつに見えたときに渡せばよかったんだが」

家主は持参した包みを時吉に渡した。

「お餅ですね。これはありがたい」

「ありがたく存じます」

おちよも頭を下げた。

「おう、餅ならいくらでもいただくぜ」

「正月の餅は別腹だからな」

「そんな言い回しがあったかよ」

「いまつくったんだ」

職人衆が口々に言う。

さっそく、雑煮などの餅料理をふるまうことにした。

一枚板の席に座った源兵衛には、もちろん数の子を出した。二人が並んで、ぱりぱりと音を立てながら数の子を肴に酒を呑んでいるさまは、なんとなくおかしかった。

「ありがたいことに、紅白の二色《ふたいろ》がそろってますね」

家主からもらった餅の下ごしらえをしながら、時吉は言った。

「ああ、普通は白だけだがね、火消し衆がついてくれたんだ」

「火消しが紅いものを出すのは、いいような悪いような」

隠居がちょっと首をかしげる。

「いや、それがですね、先に紅いものを出しておけば、火も出るまいっていう験《げん》かつぎでして」

「なるほど、それなら」

季川は納得顔になった。

「去年は火が出すぎましたからね」

おちよが顔をしかめる。

「そうそう。いくら江戸だって、師走《しわす》まで立て続けだったから」

「麻布《あざぶ》が焼けたと思ったら、今度は芝《しば》だ。こちらのほうに累《るい》は及ばなかったが、焼け出された人はさぞ難儀だろう」

「寒い時季に焼け出されたら、ことにこたえますから」

先の大火のことを思い出したのか、おちよがしんみりした声で言った。

そうこうしているうちに、雑煮ができあがった。

「はい、お待ち」

まずは職人衆にふるまう。

切り餅をほどよく焼いて、品のいい澄まし汁でいただく。時吉の故郷の大和梨川《やまとなしがわ》では丸餅で味噌汁仕立てだが、郷に入ってはなんとやらで、江戸風のさっぱりした仕上げにしていた。

これに扇の形にめでたく切った大根、雑煮の上で軽やかに踊る削り節、それに青みとして小松菜を添える。

いままではこれで出していたのだが、おちよの思いつきで、さらに紅い蒲鉾《かまぼこ》と黄色い柚子の皮をほんの少し加えてみた。彩りが豊かになれば、餅の白がなおさらめでたく映える。

「おう、こりゃ豪勢だ」

「のどか屋のだしは、すーっと胃の腑《ふ》へ落ちるからな」

「いくらまずくたって、喉に引っ掛かるだしはあるめえよ」

「んなことあるかい。うちのかかあのだしなんて、始終引っ掛かりっぱなしよ」

職人の一人が喉を押さえて大仰《おおぎょう》なしぐさをしたから、座敷でどっと笑いがわいた。

「ほほう、紅い菱餅を白い餅に重ねるわけだね」

隠居が少し身を乗り出して時吉の手元を見た。

「ええ。牛蒡《ごぼう》の甘煮はそれだけで酒の肴にお出ししようかとも思っていたのですが」

「すると、餅と合わせるのかい？」

「牛蒡の甘煮に白味噌をちょっと加えて練り、餡《あん》にします。花弁餅と言いまして、伸ばした餅の代わりに求肥《ぎゅうひ》を使ったお菓子もありますが、ここは本式で」

「そりゃありがたいね」

「やんごとなきお方も、正月には神様にこれを捧げるのだとか」

「学があるねえ、時さん」

「とんでもない。物の本にそう書いてあっただけで」

「それを学って言うんだよ」

隠居が笑みを浮かべたとき、表の引き戸が開いて、客がまた一人姿を現した。

「おや、いらっしゃいまし」

「甘い香りに誘われましたかな？」

季川が盃を、つ、と挙げた。

「お、甘いものが出てるのかい」

客はいそいそと一枚板に近づいてきた。

目鼻立ちはわりと整っているが、いささか顔が長すぎる異貌と紙一重の男だ。

「ちょうどあと一人分ございます。いかがでしょうか」

「もちろんいただくさ」

浪人風の男は、笑って腰を下ろした。

二

「うめえ」

安東満三郎《あんどうみつさぶろう》は満足げな声を発した。

名前を約《つづ》めると「あんみつ」。それかあらぬか、この男、甘いものに目がない。練り味噌ならともかく、練り餡でいくらでも酒が呑めると豪語しているのは、江戸広しといえどもこの男くらいだろう。

のどか屋へ現れるときはいつも着流しだから、気楽な浪人という風情《ふぜい》だが、本当の顔は違う。

将軍の草履《ぞうり》や荷物などを運び、さまざまな触れなどに走る黒鍬《くろくわ》の者は、三つの組に分かれている。しかし、ひそかに四番目の組もある。表向きはないことになっている黒四組。その組頭が安東満三郎だ。

黒四組の役目はいささか特殊だった。隠密、と言っても御庭番のように諸国へ潜入するわけではない。町方の隠密廻りのように江戸だけを職掌《しょくしょう》に収めるのでもない。つとめがあれば遠方へ旅立つこともあるし、御城の奥深くで秘密の役目にあたる場合もある。凧《たこ》のように風に応じて自在に動くのが黒四組だった。

のどか屋とは先ごろののれんを賭けた料理の勝負のときに縁ができた。ときどきふらりと現れるが、甘いものがないときは本当に残念そうな顔をする。今日、牛蒡の甘煮を仕込んでおいたのは、ひょっとしたら安東が顔を出すかもしれないという考えが時吉の頭をちらりとかすめたからだった。

「ずいぶんと砂糖を使ってくれてるねえ。こりゃうまい」

花弁餅を食しながら、安東は相好《そうごう》を崩した。

「餅を持ってきた甲斐があったね」

源兵衛が言った。

「家主さんも召し上がりますか？」

時吉はたずねた。

「いや、数に限りがあるだろうから。今日はうちで食べることになってるし、これから回らなきゃならないところもあるんでね」

「大変ですな、正月から」

と、隠居。

「なに、家持ちのつとめだから。では、一杯いただいてから」

源兵衛は盃に手を伸ばした。肴は甘辛く仕上げた田作《たづくり》だ。ごまめとも呼ぶ。片口鰯《いわし》の稚魚を素干しにしたもので、正月の縁起物の一つになっている。

「いらっしゃいまし」

おちよがまた明るい声をあげた。

座敷の端のほうで丸まって寝ていた二匹の猫、のどかとやまとが飛び起き、あわてて階段のほうへ逃げる。

どやどやと入ってきたのは大工衆だった。どうやら棟梁《とうりよう》の家できこしめしてきたらしく、もうずいぶんと顔の赤い男もいた。

「正月からのどか屋は繁盛だね。結構なことだ」

安東はそう言って、ちらりと時吉の顔を見た。

おや、と思った。

通じてくるものがあったのだ。

今日は甘いものを肴に呑みにきたのではない。何か話があるらしい。

座敷は足を伸ばせないほど一杯になった。町内の職人衆と大工衆はときには喧嘩もするが、日ごろは持ちつ持たれつだ。大工の商売道具は職人がこしらえる。職人の仕事場は大工がつくる。

「今年もよしなによう」

「おう、こちらこそな」

「まま、一杯」

「ありがてえな」

てな調子で、機嫌よく酒を酌み交わしはじめた。

「なら、わたしゃこれで」

「ご苦労さまでございます」

源兵衛が席を立ち、町内の見回りへ出ていった。

隠居は安東の正体を知っている。内密の話をしても平気にはなったのだが、あいにく見世の中が騒々しい。

そのうち、空いている一枚板の席に職人衆が酒を注ぎにやってきた。これでは話を切り出すわけにはいかない。

「旦那、辛《から》いほうはさっぱり駄目なのかい？」

花弁餅がなくなったので、甘く煮た干瓢《かんぴょう》を肴に呑んでいる安東に向かって、職人が気安くたずねた。本来なら声をかけられるような身分ではないのだが、お忍びのいで立ちだから軽く見える。

「昆布巻は干瓢と昆布だけでいいやね。中身はいらないよ」

「中に入ってる焼いた鮒《ふな》がうまいのにねえ」

と、隠居。

「まったくだ。牛蒡や揚げもうまい」

「それじゃ、女の帯と着物をかわいがるようなもんじゃないですか、旦那」

職人がいささかきわどいことを言ったが、安東はどうあっても甘く煮た干瓢や昆布がいいらしい。

「帯や着物があってこその女だろう」

そう言い張って譲らなかった。

もう一つ、舌鼓を打っていたのは栗金団《くりきんとん》だ。言うまでもなく、甘い。ことに、のどか屋の金団は裏ごしの加減が舌に心地よかった。

「これ、やまと！」

おちよが声を荒らげた。

むやみに食い意地の張っている子猫が、客に出したものを掠《かす》め取ろうとしたからだ。

「どこに酢牛蒡を食べる猫がいるの」

「ここにいるぜ」

大工衆の一人がひょいと猫を抱き上げると、ぶち猫のやまとはいやいやをして抗《あらが》った。

それやこれやでどたばたしているうちにさらに酒が進み、なかには座敷で大いびきをかきだす者も出た。ありがたい常連だから大目には見ているが、見世にとっては迷惑でもある。

「おい、寝るなら家で寝ろ」

年かさの職人が寝ている男の体を揺すった。

「うーん……ここはどこだ？」

「どこって、のどか屋じゃねえか」

「のどか屋は……のどかだねえ」

酔った職人はわけのわからないことを言って、大きなあくびをした。釣られたのかどうか、のどかが大きな伸びをする。

そんな様子を、一枚板の客たちはおかしそうに眺めていた。

「ご隠居、何かお出ししましょうか」

時吉がたずねた。

「そうだね。そろそろ酒も茶に変える頃合いだから……」

季川はいくらか思案してから言った。おのれの酒量はよく分かっている。回ってきたなと思ったら、過ごさないように茶に変えるのが隠居の知恵だった。

「煮物を一皿いただこうかね。いい香りがしていると思ってたんだ」

「承知しました」

「何の煮物だい？」

安東が問う。

「これでございます」

時吉は奥の鍋に歩み寄り、さっと蓋を開けた。

中に入っていたのは、大根と厚揚げの煮物だった。だしがしみた大根は、ほんのりと狐色に染まっている。

「おお、それなら一ついただこう」

「格別に甘い味付けにはしておりませんが、安東様」

「おれだって、のべつまくなしに甘いものを食ってるわけじゃない。それだと体に悪いからな」

「ほっこりと煮たのどか屋の大根を食べると、万病を封じることができますよ。ことに冬の大根はね」

隠居が太鼓判を捺《お》した。

「大根もそうですが、厚揚げも相模屋《さがみや》という豆腐屋さんから京風の上等のものが入りましたので。正月だけのぜいたくです」

相模屋は市井《しせい》の豆腐屋だが、いい井戸の水を使って天下一品の豆腐をつくる。年始のあいさつがてら届けてくれた品を、時吉は奇をてらわず、素材を活かした料理にした。

大根は半月切りにして茹《ゆ》でる。堅いものと柔らかいものを一緒に煮るとむらができるから、厚揚げと同じ土俵に乗せるために下茹でをしておくのだ。

また、茹でることによってあくを抜く。米のとぎ汁を入れれば、うまい具合にあくが抜けてくれる。竹串がすーっと通るようになれば出来上がり、水にさらしてざるに上げておく。

厚揚げも下茹でをする。これは油を飛ばすためだ。

大根と厚揚げの下ごしらえをするとしないとでは、煮物の出来がびっくりするほど変わってしまう。あくと油までだしに出てしまった煮物は品がない。一方、余分なものをすべて取り除いた大根と厚揚げを薄めのだしと醬油と味醂でことことと煮た一品は、単純なだけに深い味がする。

「うまいねえ。浄土の味だよ」

季川が顔をほころばせた。

「醬油の加減もいい。辛くないのがいいやね」

安東も満足したようだ。

「この醬油はどこの？」

隠居が問う。

「銚子《ちょうし》のミツカサです」

「ああ、道理でいい味だと思った」

「安房屋《あわや》さんがいい醬油を入れてくれるので」

かつてのどか屋の常連だった醬油酢問屋の安房屋辰蔵《たつぞう》は先の大火で亡くなってしまったが、息子の新蔵《しんぞう》が跡を継ぎ、いまは立派に見世を立て直している。

「辰蔵さんの代からの、思いのこもった醬油だからね」

「ええ、ありがたいことで。銚子からはるばる、辰蔵さんと一緒に船に乗って旅してきているみたいです」

そう答えた時吉の胸のうちを、まるで虫の知らせのように何かがよぎった。だが、その正体に気づくことはなかった。

一枚板の客が煮物に舌鼓を打っているあいだに、職人衆が腰を上げた。

「毎度ありがたく存じます。今年もどうかごひいきに」

おちよが愛想よく送り出す。

「ああ、こちらこそ頼むぜ」

「かかあのまずい飯の毒抜きに来させてもらうさ」

「おめえんとこ、ほんとに盛られてるかもしれねえぞ」

「うへっ」

そんな調子で騒々しく出ていく職人衆に釣られるように、すでに酒が回っていた大工衆の何人かも家路についた。

半ばは棟梁の指示によるものだった。どうやら片腕となっている男と折り入って話があるらしい。酔っ払いは邪魔だし、人様に迷惑をかけかねない。それなら若い衆を守《もり》につけて家に帰してしまおうという肚《はら》づもりのようだった。

出水が引いたような按配で、座敷には大工衆が二人だけになった。これから差しで呑み直すらしい。

「駄目だって言ってるでしょ！」

客の食べ残しを狙う猫を叱りながら、おちよは片付け物をしていた。

とにもかくにも、見世の空気が落ち着いた。

それと察して、安東が用向きを切り出した。

だが、いきなり本丸には向かわなかった。まぼろしの黒四組の組頭は、こんな迂遠《うえん》なところから話を始めた。

三

「役目が役目だから、ときには面体《めんてい》を隠したりするんだが、頭巾《ずきん》っていうものはなかなかに重宝だ。ただ、やり過ぎは禁物、前に覆面をつけた奇特《きどく》頭巾なんぞをかぶったりしたら、かえって怪しまれてしまう」

「何事もほどほどがいちばんでございましょうな」

座敷まで声が届かぬように、隠居が声を落として言った。

「そのとおり。どうあっても身元を隠したいなら、さしずめ紫頭巾あたりがうってつけだろうよ」

安東はそう言って、どこか探るように時吉を見た。

ちょうどおちよが片付け物を運んできた。

「紫頭巾といえば、おまえさん」

「ああ、あのときの……」

時吉も思い出した。

安東の顔色をさりげなく見ると、どうやら図星のようだった。時吉に思い出させるために、わざわざ遠回りをして頭巾の話から始めたらしい。

「先だっての岩本町の『味くらべ』じゃ、のどか屋さんの働きでおれもちっとはつとめを果たすことができた。その縁ってわけじゃないんだが、ちいとばかり不思議な巡り合わせでね」

安東はそこで言葉を切り、盃の酒を干した。

何か引っ掛かりがありそうな顔つきだった。その証しかどうか、なかなか話の本丸に入ろうとしない。

おちよが言った。

「前の『味くらべ』のとき、判じ手に紫頭巾をかぶった方がおられました。ずいぶんと位の高い、やんごとなきお方のようにお見受けしましたけど」

「安東様、ひょっとして、そのお方が何か？」

時吉が問うと、安東は振り向いて座敷のほうをちらりと見た。

大工衆の二人は、絵図面のようなものを覗きこんでしきりに話しこんでいる。よほど面倒な普請場なのだろう。いずれにしても、一枚板の席で小声で話しているかぎり、話がもれる気遣いはなさそうだった。

「実は、そういうことでね」

間があった。

「『そういうこと』だけでは、いっこうに呑みこめませんが」

時吉がいぶかしげな顔つきになった。

「そりゃそうだな」

と、独りごちると、安東は隠居が注いだ酒をやや苦《にが》そうに呑んだ。

「紫頭巾をかぶったお方の正体については、詮索無用ということでお願いしたい。おれからこういう話があったことも、ゆめゆめしゃべったりしないように」

「ええ、それはもちろんです」

「わたしゃ、こう見えても口が堅いほうでね」

隠居が笑みを浮かべ、「か」と口の動きで時吉に伝えた。

ただちに分かった。

また数の子が食べたい、ということろだ。

時吉は擂古木《すりこぎ》を動かすしぐさをした。いくらかいぶかしみながらも、季川は「任せるよ」とばかりにうなずいた。

「まあ、そんなに入り組んだ話じゃないんだ」

そう前置きしてから、安東はようやく話の勘どころに入った。

「紫頭巾のお方は、ずいぶんと窮屈な暮らし向きでね。お忍びで江戸の町を歩いて、うまいものをいろいろ食いたいのはやまやまなんだが、そうもいかないわけがあるんだ。ひとたび外へ出るだけでも、ほうぼうへ根回しをしなきゃならない」

「気軽にのれんをくぐったりはできないわけだね」

と、隠居。

「そういえば、前の『味くらべ』のときは、ひと言もお声を聞かなかったような気がします」

洗い物をしながら、おちよが言う。

「ま、そういったわけで、なかなか江戸の町へも出られない。前に食べたのどか屋の料理が恋しい、もう一度食べたいと思っても、ふらりとのれんをくぐることはできないってわけだよ」

「紫頭巾のお方がそのようなお言葉を？」

水切りした豆腐と白味噌を鉢で擦りながら、時吉はたずねた。

「あのときの花椀や起こし寿司をいたく気に入られていて、のどか屋の料理をもう一度食したい、ほかの品も味わってみたいとおっしゃっています」

「それは、料理人冥利《みょうり》に尽きます」

時吉は頭を下げた。

「なら、引き受けてくれるかい」

「ええ、もちろんですとも」

「ちょいと駕籠に揺られて、紫頭巾のお方が待つところへ出かけてもらうことになるが、何か不都合はあるかな？」

安東の眼光がやや鋭くなった。

ただ呑み食いをしているときはさばけた浪人風だが、さすがに黒四組の頭、ここぞというときは引き締まった顔つきになる。

「もしや、江戸を長く離れることになるとか？」

「ああ、それはない。紫頭巾のお方はこの江戸に住んでるから」

安東は指を下に向けた。

「それなら、べつにかまわないんじゃないかしら」

おちよは乗り気だった。

目と目が合う。

ただちに思いは通じた。

「承知しました。いつぐらいになりますでしょうか」

「それが……なかなか読みづらいところがあってな。なにぶんお忙しいし、わがままなところもおありだ。いや、そもそも、おれの力じゃとても紫頭巾のお方の動きまで読めやしない」

「とすると……」

隠居に出す料理の仕上げをしながら、時吉は思案した。

「どこぞかのお大名かもしれないよ、おまえさん」

おちよが声を低めて言う。

「ああ、なるほど。あるいは幕閣の上のほうの方とか」

「ありうることだね」

と、うなずいた季川に、「お待ち」と時吉は下から皿を差し出した。

どうぞお召し上がりください、と皿を下から出す。

それは師匠の長吉から伝えられたいちばんの教えだった。どうだ、食え、とばかりに皿を上から出してはならない。その教えを時吉は忠実に守っていた。

「おお、こりゃうまそうだ」

隠居がさっそく箸を伸ばしたのは、数の子の白和《しらあ》えだった。

和え衣は白味噌と豆腐だけだが、数の子とともに和えるものでさらに味をつける。木耳《きくらげ》を戻し、煮切った酒と醤油を合わせたものに浸けておく。味がしみた木耳の黒と数の子のほのかな黄色、そして白い和え衣がどこか山水画のようで、見た目にも美しい。

「数の子に木耳に和え衣、噛み味がそれぞれに違いますので、そのあたりもお楽しみいただけるかと」

「なるほど……考えたね」

隠居はまた、こりっとうまそうな音を立てた。

「駕籠に乗って行ってみれば、おのずと正体が知れると思うんだが……」

安東が話を続けた。

「紫頭巾の正体は申すに及ばず、向こうで見聞きしたことは、すべて夢だったと思ってくれ」

「承知しました」

「紋所《もんどころ》などはいやでも目に入るだろうが、忘れてくれ」

「どこのお大名か、紋所で察しがつくだろうからね」

と、季川。

「見なかったことにいたします」

時吉が言うと、安東は渋い笑みを浮かべた。

「そうしますと、安東様。いきなり駕籠が来て、うちの人が連れ去られたりするんでしょうか」

「それじゃ人さらいみたいだな、おかみ。まあ、でも、紫頭巾のお方の気持ち次第なので、そういうことになるかもしれないな」

「さすがに今日明日ってことは……」

「そりゃあ、ない。おれが戻って、上のほうへ伝えてからだから」

「では、煎酒《いりざけ》やたれなどを用意しておかないといけませんね」

海苔をあぶりながら、時吉は言った。

「そうだな。でかい壺を持ちこまれると、ちいと困るんだが」

「ならば、小壺などに」

「そうしてくれると助かる」

「駕籠が来たら、あとはあたしが見世をやるから」

おちよが胸をたたいてみせた。

「料理人の娘がおかみだと、こういうときに助かるね」

と、隠居。

「味には目をつぶってもらわないといけませんけど」

「どうしてどうして、おちよさんもなかなかの腕だよ」

「では、よろしくお願いいたします」

時吉は頭を下げ、安東に次の肴を出した。

「お、こりゃ干し柿だな。ありがとよ」

「大根と合わせて、甘酢漬けにしてあります。どちらも拍子木切りで」

「それにあぶった海苔を散らしたわけか。風流だね」

安東はさっそく口に運んだ。

「うむ……甘え」

この御仁、「うまい」より先に「甘え」が出る。それがほめ言葉なのだから、やはり変わっている。

「甘酢は味醂《みりん》のほかに三温糖《さんおんとう》も加えましたので、存分に甘かろうと」

隠居にも出した。

「これも嚙み味の違いが味噌だね。それと、甘みの」

「はい。干し柿は堅めのほうが合います。ただ、甘みもなくてはいけませんので、品選びがなかなか」

「料理は品を選ぶところからだからな」

安東はそう言って、また盃に手を伸ばした。

それと察して、おちよが酒を注ぐ。

「亭主に窮屈な思いをさせてしまうかもしれないが、勘弁してくれ」

「何をおっしゃいます」

おちよは笑ったが、安東は妙に真顔のままだった。

ほどなくして、安東は腰を上げた。座敷で相談事をしていた大工たちも帰り支度を始めた。

「やれやれ、また長居をしてしまったよ」

最後に、隠居が一枚板の席を離れた。

「いつもありがたく存じます。ご隠居はのどか屋の守り神みたいな方ですから」

のれんをしまいながら、おちよが言った。

「はは、神に祀りあげられるのはちと早いな」

「これは、相済みません」

ひとしきり笑い声が響き、二人に見送られて隠居は去っていった。

軒行灯の火が消えた。

風は冷たいが、何事もない江戸の夜だ。

だが、この晩を境に、また新たな苦難の道が始まろうとは、のどか屋の二人には知る由《よし》もなかった。

第二章　深川飯

一

　それから十日あまり経ったある日のこと――。

　のどか屋の一枚板の席には、子之吉《ねのきち》と寅次《とらじ》がいた。子之吉は質屋の萬屋《よろずや》、寅次は湯屋《ゆうや》のあるじだ。同じ岩本町にのれんを出しているよしみで、折にふれて顔を見せてくれている。

　曲がったことをしないあきないで知られるまじめな子之吉は休みの日にしか来ないが、寅次は平気で湯屋を抜けてくる。業を煮やしたおかみの命《めい》を受け、娘か息子が呼びにくることもしばしばあった。

「深い味ですねえ」

子之吉が感に堪えたように言って、椀を置いた。

「ほんに、いっぺんに食べるのがもったいないくらいだよ」

寅次が笑った。

いつも路考茶《ろこうちゃ》の作務衣《さむえ》姿だ。同じ作務衣でも時吉は渋い紺色を好むから、一見すると寅次のほうが料理の指南役みたいだった。

「ありがたく存じます」

厨《くりや》から、時吉は一礼した。

いま出したのは、蟹《かに》と百合根《ゆりね》のしんじょだった。椀にだしを張り、儚《はかな》い小島のたたずまいのしんじょを置く。

しんじょは堅すぎても柔らかすぎてもいけない。だしを張れば、波に洗われる砂浜のごとくに端のほうはほぐれるが、決して崩れはしない。

だから、箸でつまむことができる。だしを含んだしんじょを口中に含めば、そこで初めて、ほろっ、と崩れて溶けていく。

しかも、甘い。

砂糖も味醂も加えていない。素材の持つ甘みが、ごく自然にしんじょの中に溶け出している。まさに一椀の口福《こうふく》だった。

「おまえも欲しいか？」

足元に擦り寄ってきたやまとに、子之吉は語りかけた。

のどかが産んだ子猫たちは、やまとを除いてほうぼうへもらわれていった。萬屋にも兄弟が一匹いて、帳場にちんまりと座っている。

「だめよ。あきない物を食べちゃ」

片付けをしながら、おちよがたしなめた。

昼の書き入れ時は過ぎた。ありがたいことに、毎日客が入ってくれる。

今日の深川飯もずいぶんと評判がよかった。わしわしとかきこんで食う、気の短い職人衆や大工衆にはうってつけの料理だ。

つくり方は格別に凝ってはいない。活きのいい浅蜊《あさり》を仕入れて、ざるに入れてよく洗う。煮汁は、だしに酒、砂糖、醬油、味醂を加えてつくる。江戸っ子が好む甘辛い味だ。

煮汁に浅蜊を入れると、強火でさっと煮立てる。くれぐれも煮すぎてはいけない。身が堅くなってしまう。

浅蜊が煮汁を含んでふんわりとふくらんだら、小口切りにした葱を散らしてひとわたり混ぜる。そして、煮汁ごと飯にかけてお出しする。

味は千両、これぞ江戸前の味だ。

色合いもいい。ほんのりと茶色に染まった浅蜊の身に、葱の青いところと白いところがうまい具合に散らされている。

「一杯じゃすまねえな、こりゃ」

「毎日でもいいぜ」

「胃の腑《ふ》から手が伸びてきたぞ」

「もっとくれ、ってか?」

「おいらもお代わりだ、おかみ」

そんな調子で、あっと言う間に売り切れてしまった。

潮が引き、見世は凪《なぎ》のようなときになった。

このところ、一枚板の席の客には、できるだけ品のいい料理をお出しするように時吉は心掛けている。紫頭巾のお方がそこに座っているつもりで、気を引き締めて手を動かしている。

ただ、じきじきに話をしたこともないお方だ。どういう料理を好まれるのかまだ分からない。おちよの考えでは、かえって深川飯のようなものを喜ばれるのではないかということだが、おそらくお大名の上屋敷と思われるところへ呼ばれてみなければ子細は分からなかった。

ともかく、下好《しもごの》みなら下好みで、いくらでも素材に合わせてつくることができるだろう。すべては向こうへ呼ばれてからの話だ。

「おっ、いい香りがしてきたな」

寅次が中腰になって覗く。

「海老ですね」

背筋を正したまま、子之吉が言った。

「伊勢海老を蒸して、『むしり』にします」

時吉は珍しく色絵の皿を取り出した。

のどか屋で用いる皿は素焼きが多い。質感があって素朴な笠間《かさま》焼をとくに好む。それでも、ときには色や模様や絵の入った皿を用いて料理を引き立たせる。見た目が派手やかな金彩の皿などは一枚もないが、おちよが市で安く仕入れてくる品には、なかなかの掘り出し物が多かった。

そのなかに、美濃《みの》焼の皿があった。ほんのりと黄色い、菜の花畑を思わせる平皿の縁のほうに、控えめに鳥や花が描かれている。おちよが草市で見つけ、ひと目で気に入った皿だった。

その皿に、時吉は次の料理を盛り付けていった。

蒸した伊勢海老の身を細かくほぐす。これだけでも甘みがあってうまいが、ほんのわずかに塩を加えると、かえって甘みが引き立つ。

「早く食いてえが、ここは我慢だね、萬屋さん」

湯屋のあるじはつばを呑みこんだ。

「なるほど、青いものを彩りに添えるわけですね」

子之吉はうなずいた。

「はい。それも葉物ではなく、細いほうが海老の赤みが引き立ちます」

時吉が散らしたのは、色よく茹でた三つ葉の軸だった。ほのかに黄色い色絵の皿の上で、海老の身の上品な紅白と、野の草のような青みが響き合う。ほどなく一幅の画《え》のような趣の一皿ができあがった。

「お待ち」

「こりゃ、おいらにゃもったいねえくらいだ」

「ありがたく頂戴します」

と、一枚板の客たちが伊勢海老のむしりに箸をつけたとき、表でせわしない足音が響いた。

さっと引き戸が開き、顔を覗かせたのは、安東満三郎だった。

「まあ、安東様」

おちよが駆け寄る。

「来たぜ、来たぜ」

あんみつ隠密は息せききって言うと、額に浮かんだ玉の汗を手で拭った。

「お迎えの駕籠ですか？」

時吉が問う。

「そうだ……悪いが、水を一杯くんな、おかみ」

「は、はい、ただいま」

おちよが水を汲んだ柄杓《ひしゃく》を渡すと、安東は一気に呑み干した。

「どこぞかへお出かけで？」

寅次がたずねた。

「出張料理に出かけます」

「のどか屋さんを名指しで？」

と、子之吉。

「ええ、ありがたいことに」

「おっつけ駕籠が来るから、早く支度を整えてくんな」

安東が急《せ》かせる。

「承知しました」

時吉とおちよは、ばたばたと動いた。

見世はおちよが代わる。茜《あかね》のたすきを胸にかけわたすと、仇討ちにいくみたいだと湯屋のあるじがからかったほど、顔つきがきりりと締まった。

煎酒や各種のたれなどは、すでに瓶や小さな壺に入れてある。道具とともに小ぶりの行李《こうり》に入れると、支度はすべて整った。

「みゃあ」

と、のどかがなく。

茶と白の縞猫は、何がなしに心配そうな様子だった。

ほどなく、駕籠が着いた。

外へ出た時吉とおちよは、思わず顔を見合わせた。

房飾りのついた黒塗りの御忍《おしのび》駕籠だ。かなり身分の高い侍がひそかに吉原へ通ったりするときに使う。黒い羅紗《らしゃ》の日覆いがついた、なんともぜいたくな造りだった。

「これでもまだ控えたほうだ。さ、乗ってくれ」

安東が手で示す。

「安東様は？」

「おれはわが足で行く。荷物は黒鍬組の者に運ばせるから」

きびきびした口調で言うと、安東はおちよを見た。

「先様が気に入られたら、今日のうちには帰れないかもしれない。そう料簡《りようけん》してくんな、おかみ」

「すると、二、三日かかるかもしれない、と」

「そいつぁ、先様のお心次第だからな。すまねえ」

そう頭を下げられると、もう何も言えなかった。

「なら、行ってくる」

「気をつけて、おまえさん」

おちよがあわてて切り火を切った。

おちよとのどか屋の常連、それに猫に見守られて、時吉は黒塗りの駕籠に乗りこんだ。

二

むやみに外の様子はうかがわないように、とあらかじめ申し渡されていた。ゆめゆめ日覆いを持ち上げたりせぬよう。また、何があっても声を発してはならない。うかつなことをすれば、のどか屋の存続にも関わりかねないから、と安東は言った。のどか屋で甘いものを肴に呑んでいるときとは声の調子が違った。

御忍駕籠は四人で運ぶ。ずいぶんと物々しい。なんとも据わりの悪い心地で、時吉は駕籠に揺られていた。

言われたとおり、外の様子はうかがわずにじっとしていたが、日の差しこむ具合で駕籠が進む向きが分かった。

岩本町から西へ進んでいる。

大火で焼け出されてしまったが、初めは三河町にのどか屋があった。折にふれて耳に届く見世の名前だけで、どの通りを進んでいるか、おおよその察しがついた。

このまま西へ行けば、大名小路《だいみようこうじ》に着く。大身《たいしん》の大名の上屋敷が集まっている場所だ。そのなかの一つに呼ばれるのだろう、と時吉はあたりをつけた。

元はといえば、時吉も武士だった。磯貝徳右衛門《いそがいとくえもん》として、大和梨川藩の禄を食《は》んでいた。御家騒動に巻きこまれて刀と故郷を捨てたあとも、同じ藩の勤番の武士はたまにのどか屋に顔を出してくれる。

そんなわけで、むろん緊張はあったが、大名の屋敷に呼ばれて腕を振るうのはむしろ望むところだった。紋どころなどが目に入っても見なかったことにして、一意専心《いちいせんしん》、おいしい料理をつくることに集中しようと時吉は考えていた。

だが……。

どうも異な成り行きになってきた。

鎌倉河岸《かまくらがし》から御堀端を進んでいた駕籠は、時吉の考えとはまったく逆のほうへ向きを変えたのだ。右の大名小路ではない。左だ。

いくらか上りになり、ほどなく下った。どうやら短い橋を渡ったようだ。

えっ、ほっ、えっ、ほっ……。

そろっていた駕籠かきの声がだしぬけに止んだ。

ややあって、安東の声が聞こえた。

「黒四組頭、安東満三郎、君命により料理人を運び入れる」

門番とおぼしい男がちらりと駕籠をあたらめ、探るような目で時吉を見た。

「御役目、ご苦労様にござります」

　やや甲高《かんだか》い声が響き、再び駕籠が動きだした。

　大きな番所のようなところを通り抜けても、なお道のりは長かった。もう一つ御門を通ると、やけに静かになった。

　考えを改めざるをえなかった。呼ばれるのはどこぞかの大名ではない。ここはもう御城の中だ。

　最後の御広敷門《おひろしきもん》の手前で、駕籠は止まった。

「市井《しせい》の料理人、のどか屋の時吉、御膳所御台所人見習いとして引き連れた。これは君命《くんめい》である」

　安東が重々しい口調で告げた。

「通れ」

　もう引き返すすべはなかった。

　駕籠から降ろされた時吉は、まず安東の顔を見た。

「安東様、ここは……」

「おおかたの察しはつくだろう。御城だ。ここの御膳所で働いてもらう」

「すると、わたしが料理をおつくりするのは……」

時吉は御広敷門に目をやった。

右手に門番所がある。そこをくぐれば、もう広大な建物の中だ。

「紫頭巾のお方だよ、のどか屋さん」

安東は渋く笑って告げた。

「本式の台所人は五十俵高の御家人だ。時吉さんはあくまでも見習い、本当はいない料理人としてつとめることになる。ま、この世にはないことになってる黒四組の組頭みたいなもんだな」

と、わが胸を軽くたたく。

「しかし、このわたしが、畏《おそ》れ多くも上様の……」

まだ何かの間違いではないかと思いつつ、時吉は安東の表情をうかがった。

もしわが考えが違っているのなら、たちどころに誤りを正すだろう。何を料簡違いをしているのだ。そんなはずがないではないか、と一笑に付すだろう。

だが、安東はそうしなかった。

代わりに、指を一本立てて口を閉ざすしぐさをした。

「たとえ頭巾をかぶっていなくても、紫頭巾は紫頭巾だ。そう思ってくれ。ほかに、あのお方の名はない」

「はい……」

「だれから何を問われても、紫頭巾のお方で通してくれ。分かったな？」

有無を言わせぬ口調だった。

「承知しました」

時吉は肚《はら》をくくった。

いままでもさまざまな修羅場をくぐってきた。大火でやけどを負ったときも、命からがら逃げおおせた。ここでひるんでどうする、とわが身を奮《ふる》い立たせた。

「なら、入ろう。御膳奉行様がお待ちかねだ」

安東はそう言うと、先に立って歩きだした。

三

「その方《ほう》が、のどか屋の時吉か」

御膳奉行の蜷川六蔵《にながわろくぞう》が言った。

「さようでございます」

「ま、面《おもて》を上げよ」

「はい」

時吉よりひと回りほど上と見受けられる男が、口をへの字に結んでいた。あまり機嫌がよくないことはひと目で分かった。

御膳奉行は一人ではない。六人が交替でつとめている。蜷川はそのうちの一人で、こたびの件を担当していた。

御役料はたかだか三百俵だから、同じ奉行と名がついていても勘定奉行や町奉行などとはまるで格が違う。だが、上様のお口に入るものを預かる役という誇りは高かった。徳川家の本国である三河《みかわ》の者が選ばれるのが慣例で、蜷川もまたそうだった。そのあたりにも、人とは違うという誇りがある。

「ここだけの話だが、上様のわがままにも困ったものだな、安東どの」

語り終えると、蜷川はまたへの字に口を結んだ。

「さようですな。まあ、しかし、君命《くんめい》とあらば、従うよりほかにありません」

「それはそうだ。ふらふらと御城を抜け出されるよりはずっとましだと考えよう」

「まことに。さすがに頃合いのお齢《とし》になってきたので、町場へ繰り出すなどという無鉄砲なことは絶えて久しくなってまいりましたが。あれはまったく、根回しに死ぬ思いがします」

安東は少し苦笑いを浮かべた。

「お互い、苦労の絶えぬことだ」

「その代わり、賄方《まかないかた》にはなにかと余得が」

「はて、なんのことやら」

蜷川の目つきが鋭くなった。

「いや、われらもたまに食しますが、上様の膳に乗ったものと同じかと思えば、まことにありがたい心地になります」

「ああ、弁当のことか」

「いかにも」

「上様や御台所《みだいどころ》のお食事は十人前もおつくり申す。われらの毒味があり、お代わりを所望されることにも備えておかねばなりませんからな」

蜷川はいつもゆがんでいるとおぼしい唇を指さした。

御膳奉行は毒味の「鬼役《おにやく》」としても知られている。鬼が二人向かい合い、もったいをつけて毒味を行う。万一、料理に毒が盛られていれば、相手に異変が起きるはずだ。その兆しを見逃さぬように目を光らせながら少しずつ毒味をするのだから、はた目で見ていると何がなしに滑稽だが、むろん当人たちは大まじめだった。

そんな毒味が終わり、すっかり冷めたものが将軍の膳に上る。お代わりを次々に所望することはないから、ずいぶんと食事が余ってしまう。賄方はそれを折詰弁当にして、宿直《とのい》の武士などに手広く売りさばいて利を得ていた。

「ま、弁当の件は持ちつ持たれつとして……」

安東は座り直し、時吉をちらりと見てから言った。

「こたびの見習いの話は、ほかの台所人にはすでに通じておりますか？」

「一応のところはな」

御膳奉行はいくぶん含みのある言い方をした。

「見習いと言っても、上様はかつて『味くらべ』で食したのどか屋の味をもう一度味わいたい、と仰せだ」

その言葉を聞いて、時吉は胸の詰まる思いがした。

客に貴賤はないが、畏《おそ》れ多くも上様が紫頭巾をかぶったお忍びで町場に出て「味くらべ」の判じ手になり、自分の料理を気に入ってくださったのだ。これ以上の果報はない。

「よって、賄方で腕をふるわせるしかないのだが、御広敷の台所人には誇りがあるからのう。それに、事細かな決まりごとを頭に入れてつとめができるかどうか」

蜷川は値ぶみをするかのように時吉を見た。

「懸命につとめさせていただきます」

時吉は両手をついて礼をしたが、御膳奉行は「ふん」と鼻で笑っただけだった。

「ならば、ざっとつとめの場を案内《あない》してから、それがしは消えまする」

安東が腰を浮かせた。

「安東様はいずこかへと？」

時吉は不安げにたずねた。

「ほかにも野暮用があってな。御広敷に張りついているわけにもいかない」

「はい」

「同じ台所人だ。包丁を持ってつとめることに変わりはない。ま、案じることはあるめえよ」

最後はいつもの浪人の口調になった。

面会があったのは御膳奉行の部屋だった。と言っても、格別に広くはない。凝った造りでもない。

板の間を少し進むと、部屋が一つあった。物置のようなところだ。

「つとめが長引けば、ここで寝ればよかろう」

　相変わらず不機嫌そうな様子で、蜷川が言った。

「今日のうちには帰れませんか」

　安東がたずねた。

「無理を言ってもらっては困る。どこの馬の骨とも知れぬ町場の者がふらりと現れて、すぐ上様の御膳の仕事ができると思ったら大間違いだぞ」

「なるほど……さはさりながら、この者にも見世の仕事がございますので。それに、この時吉、元をただせば大和梨川藩の武士だった男ですから」

「ほう」

　蜷川は足を止め、もう一度値踏みをするように時吉を見た。

「武士だった男が、なにゆえ市井《しせい》の料理人になったのだ」

「それは、長い話になってしまいますので……」

　時吉は恐る恐る答えた。

「ふん」

　蜷川は鼻を鳴らして腕組みをした。何かを思案するような顔つきになる。

「ま、よいであろう。こちらとしても、よそ者にいつまでも居座られたら難儀をいたす。上様の御膳をいくらかつくったら、見世へ帰してやろう」

「ありがたく存じます」

時吉は頭を下げた。

「その節は、また駕籠で運びますので、お声をかけてくだされ」

安東がほっとしたような顔つきになった。御膳奉行は無言でうなずいた。

その後は御広敷の御膳所へ案内された。広々とした場所で将軍と御台所の料理を調理する料理人が気ぜわしく働いている図は、なかなかの壮観だった。竈《かまど》だけでもむやみにある。

御膳所御台所人は五十俵高扶持で、十両の御役金が支給される。れっきとした武士だから、正装の裃《かみしも》姿で調理に当たっていた。ただし、火を使う台所での長年のつとめのせいで、おおむねよれよれになっている。なかには焼け焦げのある見すぼらしい裃まであった。

そのなかに、一人だけ場違いな作務衣《さむえ》姿の時吉が交じった。

「長十郎《ちょうじゅうろう》」

蜷川が一人の台所人に声をかけた。

「はっ」

ほおがげっそりとこけた顔色の悪い男が振り向いた。

「ちらりと言っておいたが、これが見習いの台所人の時吉だ」

御膳奉行は「見習い」を妙な上《うわ》っ調子で発音した。

「丸茂《まるも》長十郎と申す」

痩せた男は、蛇を彷彿《ほうふつ》させる目で時吉を見た。

「のどか屋の時吉と申します。右も左も分かりませんが、どうかよしなにお願いいたします」

「丸茂どのが組頭《くみがしら》だ。よく話を聞いて励むといい」

安東が言う。

「それがしは監督するのみ。包丁の仕事は治助《じすけ》に聞くがよかろう」

組頭はそう言って、気ぜわしく働いていた一人の男を呼び止めた。

「治助。こやつ……いや、この料理人が上様じきじきのご指名により、このたび御広敷に入ったのどか屋の時吉だ。万事、遺漏なきように計らってくれ」

組頭の丸茂は、時吉を遠ざけ、配下の者に早く託したいような雰囲気だった。

「一本木《いっぽんぎ》治助と申す。よしなに」

時吉と同年配と思われる男は、やや上目使いで言った。

「小料理のどか屋の時吉でございます。よろしくお願い申し上げます」

「小料理ねえ……上様も酔狂なことだ」

治助はそう言って顔をしかめた。

周りの台所人が、ちらちらと様子をうかがっていた。

時吉は感じた。

だれもかもが、そこはかとない敵意のまなざしで見ていた。

無理もない。どの台所人も、上様の御膳をおつくりすることに誇りを持って取り組んでいる。そこへ、横合いからどこの馬の骨とも知れぬ作務衣姿の料理人が割りこんできたのだから。

「上様の意向についてどうこう言うでない、治助」

御膳奉行が台所人をたしなめた。

「はっ、申し訳ありません」

治助はすぐさまわびた。

「では、あとはよしなに」

安東は一同に頭を下げてから、声を落として時吉に告げた。

「おかみにゃ、おれから伝えとく。案じずにやってくれ」

「承知しました」

「頼むぞ」

ぽんと一つ肩をたたき、あんみつ隠密は御膳所から去っていった。

時吉は、独りになった。

四

見るもの聞くものが驚きばかりだった。

いきなり上様の御膳をつくらせるわけにはいかないし、ちょうど夕餉《ゆうげ》の支度の最中だから、今日のところの時吉は下働きのみだった。

「この飯を上様の御膳に？」

時吉は治助に向かってたずねた。

「さよう。何か不審でも？」

台所人はうるさそうに言った。

上様が召し上がるのは炊き立てのおいしいご飯だと思っていたのだが、案に相違した。炊くのではなく、蒸すのだ。いわゆる強飯《こわいい》である。神事などで用いられる調理法で、もう廃《すた》れたと思っていたのだが、上様がこんな味気ないものを召し上がっていたとは……。

「畏れながら申し上げます。米の飯は炊いて、よく蒸らしてからお出ししたほうがよろしかろうと」

「おぬし、御膳所を愚弄する気か」

時吉の言葉を聞いて、治助は顔にさっと朱を散らした。

「いえ、滅相もない」

「町場の新参者が何をぬかす。この米はな、諸国から選りすぐったものを、城内の舂《つき》屋《や》で舂《つ》いて、一粒ずつ良いものを吟味して選んだものだ。かような手間をかけた飯がまずかろうはずがないではないか。口を慎め」

「はっ、相済みません」

時吉はただちにわびたが、承服しかねるという思いは変わらなかった。

米を蒸すばかりでなく、甑《こしき》に蒸しあがったものを交ぜもせず、真ん中の米だけをうやうやしく椀によそってお出ししている。神様ならそれでもよろしかろうが、紫頭巾をかぶってひそかに「味くらべ」にお越しになるほどで、上様は生身《なまみ》の体であらせられる。毎日毎日、こんな味気ないぱさぱさしたご飯を出されていては、以前に町場で味わった銀しゃりが恋しくなるのは当たり前かもしれない。

時吉はそう思った。

これなら、のどか屋の客、いや、炊き立ての飯を食べられる長屋の衆のほうがよほどましだ。

驚きはさらに続いた。

「その鰹節はいかがされるのでしょう」
二、三度削っただけのものを治助がぞんざいに袋へ放り入れていたから、思わず目を疑った。
「上様の御膳だ。古くなったものを使うわけにはいかぬ」

「されど……」

見るからに上物の鰹節だ。ほんの少し削っただけで捨ててしまうとは罰が当たる。

「いかがした」

組頭の丸茂長十郎が歩み寄ってきた。

「は、この者が、古い鰹節を処分するのが不服らしく」

「ほう……上様のお声がかりの考えることは違うのう」

丸茂はあごを上げ、いやな目つきで時吉を見た。

「これはわれらの一存でやっているわけではない。御膳所御台所 改 役《あらためやく》の湯原万作《ゆはらまんさく》どの、ひいては御膳奉行の蜷川六蔵様のご指示によるものだ。その方がごとき一介の料理人の口出しすることではないわ」

組頭は吐き捨てるように言った。

改役とは、調理を終えた膳の吟味ばかりでなく、出入りのあきんどを監督し、経費《かかり》も担当する御役目だ。

「申し訳ございません」

時吉はまた頭を下げ、唇を嚙んだ。

郷に入っては郷に従え、という。もったいないと思っても、今後は目をつぶることにした。

それでも、随所で目に余るものを見てしまった。

たとえば、砂糖だ。

高価な和三盆《わさんぼん》の壺にほこりが入っていたと言って、組頭は六尺《ろくしゃく》（駕籠や荷物などを運ぶ者）に命じてどこぞかへ下げさせた。ちらりと見たところでは、ほこりが入りそうな壺ではなかった。万一入っていたとしても、取り除けばいいだけの話だ。

醬油の樽もそうだった。厳重に栓が施されているのに、どうすればほこりが入るのれていった。
か。時吉はいぶかしく思ったが、上物の樽はほんの少し使われただけで外へ運び出さ
「もったいない」という言葉はここにはないらしい。魚などもほんの少し身を使った
だけで、あとは弁当用に回されていた。
せっかく包丁を持参してきたのに、大事なつとめは任せてもらえなかった。蒲鉾を
切るくらいなら、だれでもできる。
しかも、その仕事にも注文がつき、やにわに雷を落とされた。
「なんじゃ、おまえ、いつまで蒲鉾を切っておる！」
組頭の丸茂長十郎が色をなしてどなった。
「されど、蒲鉾は切らねば食せませぬが」
時吉はいぶかしげな顔つきになった。
ほかに食し方があるのだろうか、と思った。まさか、上様がそのままかぶりつくは
ずがない。蒲鉾も蒸してやわらかくするのか、あるいは……。
いろいろ思案をしたが、まったく的が外れていた。
丸茂はこう言った。
「上様の御膳に乗せる蒲鉾はほんの少しでよい。あとは切らぬ」

そう言われて、やっと腑《ふ》に落ちた。

「なるほど、残りは弁当に……」

「おまえは何も知らぬのだな。御城の周りには献残屋《けんざんや》がたんとあるだろうが」

「はい、それは承知しております」

献残とは、献上品の残りを約《つづ》めた言葉だ。御城や武家屋敷から出た品を買い取り、贈答品として売るあきないで、いろいろな物を手広く扱っている。

「上様の御膳に乗るのと同じ蒲鉾などは、裕福なあきんどが喜んで買うものだ。そこまで言えば、おおよその仕組みは分かるであろう？」

組頭は語尾を微妙に上げた。

「では、初めから献残屋へ横流しをするつもりで、蒲鉾を多めにつくっているのでしょうか」

「横流しとは人聞きが悪い。上様のご威光を下々の者たちにも分け与えてやっているのだ。ありがたいと思え」

「はい……」

つまるところは、出入りの献残屋と結託して、むやみに利をむさぼっているだけなのではないかという気もしたが、これ以上へそを曲げられては困る。時吉は納得した顔をつくっておいた。

その後は包丁すら持たせてもらえなかった。鍋をていねいに洗って拭く。下働きの仕事ばかりだった。

さまざまなことを思い巡らしながら、時吉は手を動かしていた。

そういえば、このあいだかわら版で読んだ。赤坂一ツ木町の上総屋《かずさや》という大きな献残屋に賊が押し入り、あるじなどを殺《あや》めてから見世に火を放って逃げるという剣呑《けんのん》な出来事があったばかりだ。濡れ手で粟とも思われるあきないだから、賊に目をつけられやすいのかもしれない。

時吉がそんなことを考えていると、また唇をへの字に曲げて御膳奉行が入ってきた。組頭に何やら耳打ちしてから、時吉のもとへ歩み寄ると、蜷川六蔵は苦々しげに言った。

「明日の朝餉は、その方が献立をつくれ」

「はっ……心得ました」

時吉は久々に武家の言葉を使った。

いよいよ、来た。

身の引き締まる思いだった。

「もろもろ、心得ておるだろうな?」

蜷川はいやな目つきで時吉を見た。

「全身全霊をこめて、上様の朝餉をつくらせていただきます」

時吉はそう言って一礼したが、御膳奉行は鼻で笑っただけだった。

「まあ、よい。献立ができたら丸茂に言って紙をもらえ」

「紙でございますか」

「おまえ、字は書けぬのか」

「書けます」

「ならば、献立をしたためよ。われらで吟味いたす」

そう申し渡すと、御膳奉行はくるりとうしろを向いた。

五

「話にならぬな、これは」

蜷川六蔵は顔をしかめ、献立がしたためられた半紙を放り投げた。

「しきたりに合いませせぬところは、むろん改めさせていただきます」

　時吉は平伏して答えたが、失笑が返ってきただけだった。

「二の膳つきの二汁三菜の約束事が守られていないことには目をつぶるにしても、これはちとひどすぎますな」

　組頭の丸茂長十郎の唇がゆがむ。

「こんな無体《むたい》なことを言われても、仕入れはできませぬ」

　御膳所御台所改役の湯原万作があきれたように言った。

　恰幅のいい赤ら顔の男だが、目は笑っていない。底のほうに、嫌な光があった。

「畏れながら、どこがしきたりに合わぬのでしょうか」

　頭《ず》を低くしたまま、時吉は問うた。

「まず、この『鹿尾菜《ひじき》と油揚げの煮付け』じゃ」

　半紙を嫌そうに拾い上げ、御膳奉行が言った。

「小料理らしいものを、と加えた一品でございますが」

　鹿尾菜は滋養に富むし、油揚げと炊き合わせるとうまい。朝餉の小鉢にふさわしかろうと考えたのだが、思わぬ不興を買ってしまったようだ。

「鹿尾菜、油揚げ、ともに上様の御膳には乗せてはならぬものだ。そんなことも知らぬのか」

蜷川の唇がまたへの字になった。

「葱《ねぎ》と若布《わかめ》の味噌汁も、もってのほかだ。葱、若布、ともに用いてはならぬ」

今度は組頭が言った。

「いまだかつて、そのような忌まわしいものは仕入れたことがございませぬな」

改役があきれたような顔つきになった。

「申し訳ございません……されど、なにゆえに葱と若布がいかぬのでしょうか。また、ほかに用いてはならぬ食材はございますでしょうか」

先に聞いておけばよかったと悔やんだが、いまからでも遅くはない。時吉は教えを乞うた。

「葱や韮《にら》、大蒜《にんにく》などは苦みがあってお体に触る。鮗《このしろ》は『この城』に通じて食せば縁起が悪い。ほかにもいろいろある」

蜷川は面倒臭そうに答えた。

若布や鹿尾菜がなぜ駄目なのか、そのわけは教えてくれなかった。御膳奉行も知らないかもしれないから、これ以上機嫌を損ねぬよう、時吉もそこまではたずねなかった。

「朝餉の焼き物は鱚《きす》と決まっておる。塩焼きと漬焼きの二つだ。これを鱚両様と呼ぶ。

ただし、一日と十五日と二十八日は鯛と平目《ひらめ》にする。よく憶えておけ」

「そんなにこやつに長居をされると困りますぞ、丸茂どの」

湯原万作がそう一太刀浴びせたから、場には陰険な笑いがわいた。

「駄目なものを外していくと、ほとんど残らぬな。蕪《かぶ》と鶉《うずら》の炊き合わせとは、いやはやなんとも」

組頭が首を横に振った。

「蕪がいかぬのでございましょうか」

「たわけ、鶉だ」

「飛ぶ鳥は落ちるもの。まったく縁起でもない」

御膳奉行が顔をしかめる。

上様に喜んでいただこうと思い、短いあいだに知恵を絞って考えた献立だった。とりわけ蕪と鶉の炊き合わせは、料理の目玉になるはずだった。

蕪は葉のところを落とし、面取りをして、だしと味醂と醤油でじっくりと煮る。

鶉はきれいにさばき、臭みが出ないように血をていねいにぬぐっておく。細かく切った肉はすり鉢に入れ、白味噌と塩を加えてよくすり混ぜる。

団子に丸めるためには、いま少し粘り気を出さなければならない。そのために、だしに浮き粉を溶かしたものを少しずつ加えて伸ばしていく。最後に卵白を加えれば、下ごしらえは終わりだ。

大きな鶉の玉子を思わせるようなかたちに丸め、蕪とはべつにとろとろと煮る。蕪の葉の軸のところもさっと茹で、同じ器に合わせる。

白い蕪の上には、黄色い刻み柚子《ゆず》を散らす。鶉団子の渋い茶色と、蕪の葉の青み。すべてが渾然一体となった器のできあがりだ。

蕪の甘み、味噌の下味が効いた鶉団子の奥深さ、それに、柚子のさわやかさと蕪の葉の心地いい苦み。それぞれの味も悦《よろこ》ばしく響き合う。

手間はかかるが、時吉としては自信の一品となるはずだった。

しかし、肝心の鶉が使えないのでは話にならない。

「残るのは、茶碗蒸しくらいでしょうかな」

「ま、それくらいは新参者にもつくらせてやるか」

「玉子の料理なら、よもや間違いはござるまい」

衆議は一決したようだった。

「ありがたく存じます」

礼を言ってから、時吉は念のためにたずねた。

「塩蔵《えんぞう》した銀杏《ぎんなん》は大丈夫でございましょうか。茶わん蒸しの具に用いたいのですが」

「それならある。ほどほどに用いるのならよかろう」

組頭の許しが出た。

時吉はほっとする思いだった。本当は上様にできたてを召し上がっていただきたいところだが、毒味があるから無理な話だ。あつあつでこそ、という料理をお出しするわけにはいかない。

そこで、冷めてもべつのうまみが出る料理をと考えた。

茶碗蒸しは、夏に冷やして出すことがある。あつあつとはまた違った食感と味で、好評をいただいていた。ぎやまんの器で出せば、見るだけで涼味がある。

「具に貝などは入らぬだろうな？」

御膳奉行がたずねた。

「はい。用いるつもりはございません」

「何も知らぬようだからついでに教えてやるが、浅蜊や牡蠣《かき》や赤貝なども禁じられておる。油がお体に触るゆえ、天麩羅《てんぷら》もいかぬ。さよう心得よ」

「ははっ」

平伏しながら、時吉はふと考えた。

（ならば、上様はついに深川飯を召し上がることはないのか。

あんなにうまいものを食せずに過ごさなければならないとは、なんと窮屈なことだろう……）

「ならば、せいぜい励め」

御膳奉行が言い渡した。

「毒味をしてまずければ、お出しできぬからな」

組頭が釘を刺す。

「十二分に気を入れて、心をこめておつくりします」

「不出来だったら、大判屋《おおばんや》に払い下げますか」

改役が戯《ざ》れ言《ごと》を言ったから、場に陰気な笑いがわいた。大判屋とは献残屋の名前らしい。

「では、控え部屋に下がっておれ」

「はっ」

吟味は終わった。

時吉は物置のような狭い部屋に案内された。

六

その晩は、なかなか寝つくことができなかった。

吟味のあとも、嫌なことがあった。冷や汗もかいた。

まず、壺に入れて持参したたれや煎酒の場所をたしかめようとした。だが、だれに訊いても知らぬと言う。

台所人の治助をようよう探し当ててたずねてみたが、木で鼻をくくったような返事があっただけだった。

「お手前の壺など、それがしが知るはずがなかろう」

うるさそうに言う。

「たしかに御城に運び入れられたはずなのですが」

「なら、六尺に問えばよかろうに」

「六尺はいずこに?」

「さあ、御城のほうぼうで働いておろう。そういうつとめだからな」

まったくらちが明かない。時吉は見切りをつけ、自分で探すことにした。

すでに日は落ち、灯が入っていた。とはいえ、火が出たら一大事、ほうぼうが明るく照らし出されているわけではない。帰るに帰れなくなってしまったら一大事だから、廊下を曲がる道順をいちいち覚えながら、時吉は壺を探しに出た。

しかし、御広敷の御膳所は途方もなく広い。心細い思いをしながら、時吉は慎重に歩を進めていた。

その耳に、声が届いた。

小さな部屋でひそひそ語り合う声だ。

時吉は廊下の途中で足を止めた。

べつに立ち聞きをするつもりではなかった。壺につながる手がかりがないかと思う気持ちで、つい耳を澄ませてみただけだった。そううまい具合にはいかないだろうが、話しているのが安東だったりしたら好都合だ。

だが、そうではなかった。こんな声だった。

「そちも御用達《ごようたし》のあきんどとして、たいそうな羽振りであろうが」

「滅相もございません。利の薄いあきないでございまして」

「そうでもなかろう。利の水はすべてそちのほうへ流れておろうが」

「それもこれも、すべて湯原様のご配慮のおかげでございます」

「なに、真にご配慮されているのはお奉行だからな」

「はい、ありがたく存じております」

声を殺した会話は、時吉の耳にはっきりと届いた。

「ならば、賄賂《まいない》を多少増やしても罰《ばち》は当たるまい」

「それもお奉行様のご意向でございましょうか」

「そこまでそちが口出しすることはなかろう。目の上のたんこぶを取り除いてやったのはどこのだれだと心得る？」

「はっ、申し訳ございません。すべては湯原様のおかげでございます。では、仰せのとおり、わが屋号に懸けましたものをば、そっとお袖の下に」

「大判はちと持ちにくいゆえ、小判でよいぞ。ただし、枚数はそれなりにな」

「かないませぬな、湯原様には」

「ぶははは」

吟味役がくぐもった笑い声を上げたとき、廊下の向こうに燭台を手にした男が姿を現した。

小部屋における秘密のやり取りを一心に聞いていたせいで、気づくのがほんの少し遅れた。

「何やつ」

声が響いた。

しまった、と思った。

時吉はあわてて逃げた。

「待て」

うしろがいくらか明るくなった。背を照らされたかもしれない。

「いかがした」

後方で声が響く。

改役に見とがめられたら一大事だ。二度とのどか屋には戻れないかもしれない。

時吉は必死に逃げた。

心憶えの糸を手繰《たぐ》り、帰り道を思い出しながら暗い廊下をひたすら走った。

幸い、挟み撃ちには遭わなかった。息を切らして走っているうち、うしろの声は遠くなった。

時吉は小部屋に帰り着いた。戸を閉ざし、息を潜めていると、人の気配がした。

「こっちではないか」

「だれがいる？」

話し声がする。

生きた心地がしなかったが、顔までは見られていなかったらしい。小部屋の戸がやにわに開けられることはなかった。

じっとりと、背中にまで嫌な汗をかいていた。

明日は早朝から大役が待っている。上様のために、料理人人生を賭けて、生涯最高の茶碗蒸しをおつくりしなければならない。

だが、さまざまなことがありすぎて、また、気がかりが多すぎて、いっこうに寝つくことができなかった。

心ならずも立ち聞きしてしまったことは、ひとまず忘れようと思った。しかし、振り払っても振り払っても、声は頭から離れようとしなかった。

ここがのどか屋の二階なら、手を伸ばせばおちよに触れることができる。ときには手を握り、その温かさをたしかめることができる。

明け方には猫が来る。のどかが布団の上に乗り、ごろごろと喉を鳴らしながら「ふみふみ」を繰り返す。

やまとも来る。手を出してなでてやると、ぺろりと舌でなめてくれる。

そんないつもの当たり前のことが、ひどく懐かしく、またありがたく感じられた。

御城の中は静かになった。犬の遠吠えすら響かない。
長い時がかかったが、ようやく眠りが訪れた。
時吉は寝息を立てはじめた。

第三章　三色《みいろ》茶碗蒸し

一

翌朝――。

時吉は気合を入れて包丁を握った。師匠の長吉を真似て、豆絞りをしっかりと鉢《はち》に巻く。

将軍は朝早く起きる。日が昇る明六つ（午前六時ごろ）に起床するのが常だった。

それから一時《いっとき》（約二時間）後に、御膳所でつくられた食事が御膳立ての間（笹の間）に運ばれ、御膳奉行などによる毒味が行われる。さらに、いくつもの段取りを経て、ようやく小座敷で冷めてしまった食べ物が将軍の口に入るという仕組みになっていた。

つくり手の台所人は未明からの作業になる。ゆうべは気がかりな出来事があったから眠りは浅かったが、冷たい水で顔を洗うと、時吉の身と心はきりりと締まった。新参者にはだれも声をかけなかった。組頭の丸茂長十郎も、台所人の一本木治助も、まるで時吉がいないかのようにふるまっていた。

上様にお出しする膳は十人前つくらなければならない。茶碗蒸し用の玉子を溶くだけでも手間がかかるが、あわてて泡立てたりしないように、時吉はていねいに溶きほぐしていった。

茶碗蒸しのできあがりの巧拙《こうせつ》は、むろん蒸し加減にもよるが、元の玉子汁によってもずいぶんと変わってくる。とにかく細心の注意を払わなければならない。

溶いた玉子汁にはだしと調味料を加える。酒、塩、それに醬油は薄口がいい。

玉子汁は海だと思え、と師匠からは教わった。

海を荒立ててはいけない。無用の波を起こしてはならない。

静かな海。

豊饒《ほうじょう》な幸を人々に与えてくれる御恩《ごおん》の海。

その波を荒立てず、心安らかに味わうことができるように、料理人はていねいな仕事をしなければならないのだ。

だしは必ず冷めたものを加える。熱を持っていたら、玉子の海が荒れてしまう。だしと調味料を加えた玉子汁は、目の細かい笊《ざる》で漉《こ》す。泡が立ったりしないように、ここでも気を遣って手を動かす。

具は三色になるように按配した。

背わたを取って殻をむき、塩をふりかけておいた海老。塩蔵してある銀杏。それに三つ葉の茎を器を入れ、玉子汁をゆっくりと満たしていく。

泡が出たら竹串でつぶす。そうしておくと、四海波静かな豊饒の海になる。

こうして段取りが整ったら、いよいよ蒸しの作業だ。

大きな鍋に布巾《ふきん》を敷いて器を並べる。底から一寸ほど熱い湯を注ぎ、布巾を挟んで蓋をして、じっくりと蒸しあげていく。

焦って火を強めてはならない。さまざまな幸を潜《ひそ》めたゆりかごのような玉子汁の海を、やさしく、静かに蒸していくのが骨法《こつぽう》だ。

頃合いを見て竹串を刺してみる。中から澄みきった汁が出てきたら、首尾よく蒸しあがった証しだ。

ここで火を止め、三つ葉の葉のところを、海に浮かぶ舟の趣《おもむき》で散らし、蓋をして百数える。

蒸らし終えた茶碗蒸しの蓋を取れば、三つ葉の色が鮮やかに目に顕《た》ち、香りがほんのりと立ちのぼる。

三つ葉の青、海老の赤、銀杏の黄。

三色が悦ばしく響き合う茶碗蒸しの出来上がりだ。

響き合うのは色ばかりではない。味と食感もまた互《かた》みに響く。そして、それらをすべてやさしく包みこんでいるのが、きめ細かくなめらかに蒸しあがった、光あふれる海なのだった。

ふうっ、と一つ、時吉はため息をついた。

これでいい。力は出せた。

この茶碗蒸しなら、たとえお毒味で冷めても、底のほうにはまだ温みが残るはずだ。冷めたところにも味が残る。思いは上様に伝わる。きっと伝わってくれる。

運ばれていく膳に向かって、時吉は両手を合わせた。

その背に向かって、やにわに声が響いた。

「おい、のどか屋」

振り向くと、改役の湯原万作が立っていた。

「はい」

「その方、寝付きは悪いほうか」

探るような目で見る。

「い、いえ、そのようなことは……」

逃げおおせたと思ったのだが、もしや遠いうしろ姿でも察しをつけられたか。

冷や汗をかきながら、時吉は答えた。

「初めて訪れるところは、いろいろと調べてみたくなる性分だったりするか」

湯原は嫌な攻め方をしてきた。

今日は赤ら顔がいくらかどす黒く光っているように見える。

「さようなことは……」

「ないか？」

言葉尻を妙な具合に上げ、時吉の顔を覗きこむ。

「ございません」

そう答えた拍子に、時吉の右の頬が、二度三度《ふたたびみたび》、波のように震えた。

時吉はまっすぐなたちだ。方便の嘘をつくのは得手《えて》ではない。言葉で否《いな》んでも、つい顔に出てしまったりする。

改役はそれを見逃さなかった。

「なら、よい」

こちらは平気で嘘をつく。

ひとまずは安心させるようなことを言った。

「せいぜい励め」

唇をゆがめて告げると、改役は歩み去っていった。

二

(上様は本当にあの茶碗蒸しを召し上がってくださっただろうか。もしお口に入ったのなら、お気に召されたかどうか)

ずいぶんと気にはなったが、むろんだれかに問うわけにもいかない。時吉は引き続き、台所で手を動かしていた。

これで放免、という声はかからなかった。朝食が終われば、台所は昼の準備に忙しくなる。大奥に運ばれる膳は品数が増え、新たに鯉こくなどが加わる。

だが、時吉は包丁を持たせてもらえなかった。あれを洗え、これを持ってこい、とほかの台所人からあごで使われていた。

八つどきには羊羹《ようかん》などが運ばれる。常盤橋《ときわばし》の金沢丹波《かなざわたんば》など、出入りの御菓子調進《ちょうしん》所《じょ》の蒸し物も添えられることが多かった。

そうこうしているうちに、残るは夕食の膳のみになった。これまた下働きだけかと思いきや、案に相違した。御膳奉行の蜷川六蔵が何がなしにあいまいな顔つきで近づき、時吉にこう告げたのだ。

「その方、再び朝と同じ三色の茶碗蒸しをつくれ」

「は？　と申しますと……」

にわかにはわけが分からなかった。不出来だったたゆえ、つくり直しを命じられたのかとも思った。

しかし、そうではなかった。

「上様の、ご所望である」

御膳奉行は重々しく言い渡した。

時吉の身中《みぬち》を、やにわに熱いものが駆け抜けていった。

「あ、ありがたく存じます」

時吉は思わずその場に平伏した。

「その方がつくった茶碗蒸しを、上様はことのほかお喜びになられた」

蜷川は言った。

だが、その声音《こわね》はいささかも華やいではいなかった。よくやった、御膳所の誉れだ、などとほめたりもしなかった。ただ棒のように言葉を発しただけだった。

「わたしにとりましても、身にあまる喜びでございます」

「ふん」

御膳奉行は鼻で笑うと、いくぶん苦々しげに次の言葉を伝えた。

それは仰天《ぎょうてん》するような話だった。

「重ねてつくる三色の茶碗蒸しは、夕食の膳に載せるものではない。上様じきじきに御小座敷にお出ましになり、その方より出来たてを献上するのだ」

「上様が、じきじきに……」

時吉は面《おもて》を上げた。

「今度はもそっと温かい茶碗蒸しを召し上がりたいという仰せだ。ついては、われらによるお毒味も要らぬと仰せられる」

承服しかねるという面持ちで、御膳奉行は言った。

「はっ」

「あまり熱いものを召し上がると、舌や喉に障《さわ》りかねない。それに……」

蜷川は一人だけ台所に交じっている市井の者の顔をしげしげと見た。

「えたいの知れぬやつに毒を盛られるやもしれぬ。上様も、酔狂はほどほどにしていただきたいものじゃ」

「ゆめゆめ、さようなことは。毒などというもの、手にしたこともございません。心をこめて、再びの茶碗蒸しをつくらせていただきます」

「ふん」

それがくせか、あるいはよほど時吉が目ざわりなのか、蜷川はまた鼻で笑った。

「その方、顔はいかがした」

御膳奉行はぞんざいに指さした。

「はい……先の大火で」

珍しく時吉は嘘をついた。

本当は、むかし自らの手で焼いたのだ。藩の御家騒動に巻きこまれ、面体《めんてい》を隠すために焼いた跡がまだ顔に残っていた。

こめかみからほおにかけてのやけどの跡は、もはや痛々しくはなかった。かえってそれによって目鼻立ちが引き立っているくらいだった。

むかしがあるからこそ、いまがある。苦しかったとき、つらかったとき、涙を流したときがあるからこそ、この世の光が美しく感じられる。

時吉のやけどの跡もそうだった。刀を包丁に持ち替える前のつらい出来事があったからこそ、いまという時を正しく生きることができる。

だが、子細を御膳奉行に告げるわけにはいかない。そこで、方便の嘘で切り抜けることにしたのだった。

それに、先の大火でも背中にひどいやけどを負った。当たらずといえども遠からずだった。

三河町にあったのどか屋は焼けて跡形もなくなり、常連だった客をはじめとして、多くの大事な人を亡くした。そこから炊き出しの屋台を引いて、一からやり直した。

そして、いま御城の御膳所にいる。かつて「味くらべ」で紫頭巾をかぶってお出ましになった上様に、これからじきじきに料理をお出しする。

そう思うと、時吉はありがたくも不思議の感に打たれた。

「本来ならお目通りなど叶うはずもない下賤《げせん》の者だが……」

時吉を見下ろし、軽く舌打ちをしてから、蜷川は続けた。

「上様の命《めい》とあらばやむをえまい。くれぐれも、粗相のなきように励め」

「ははっ」

時吉は再び平伏した。

「おお、そうじゃ。茶椀蒸しばかりでない。何か軽い、腹にたまらぬものもつくれとの仰せだ」

「腹にたまらぬもの、でございますね？」

「問い返すな」

「相済みません」

「ご不興を買わぬよう、思案して茶碗蒸しに添えよ」

「かしこまりました」

「それから……その方」

御膳奉行の声音《こわね》が微妙に変わった。

「余計なことは申すでないぞ」

「はい」

「上様から問われたことのみお答えしろ」

「承知いたしました」

「さてもさても、物好きなことじゃ」

なおもぶつくさ言いながら、蜷川六蔵は去っていった。

豆絞りを再び鉢に巻き、気合を入れ直して茶碗蒸しづくりに取りかかろうとしたとき、手を挙げて御膳所に入ってくる人影が見えた。

あんみつ隠密だ。

「おお、でかしたな、のどか屋さん」

安東は上機嫌だった。

「ありがたく存じます。ただ、これから上様にじきじきにお出しするかと思うと、口から心の臓が飛び出しそうです」

時吉は胸に手をやった。

「はは、無理もねえ」

長いあごをつるりと撫でると、安東は笑顔で言った。

「ただ、上様だと思うから心の臓がばくばくするんだ。ありゃあ、紫頭巾をかぶったどこぞかの酔狂な御仁だと思えばいい。色好みではた迷惑で、まわりは振り回されてるばかりだがよ。どこか憎めない、器量は大きい旦那よ。そう思ってやってくんな」

黒四組の組頭は、なれなれしいことを口走った。

「分かりました。ときに……」

時吉はそう切り出して、まわりの気配をうかがった。

改役の湯原万作の姿は見当たらない。

「ときに、なんだ?」

安東は問うた。

あまり気の長い御仁ではない。気になるからやはり耳に入れておいたほうがよかろうと思い、時吉はゆうべの出来事を告げることにした。

「実は……」

声をひそめて子細を語るにつれて、あんみつ隠密の顔から笑みが潮のごとくに干《ひ》いていった。

「その話」

にわかに現れた峻厳な岩の趣の顔つきで、安東は言った。

「胸に収めといてくんな」

「はい」

「おれが裏を取ってみる。のどか屋さんは知らん顔をしていてくれ」

「承知しました」

「ま、そういうことで……」

安東はいつもの口調と表情に戻った。

「気張ってやってくんなよ」

ぽんと肩をたたく。

「精一杯のものをつくらせていただきますので」

時吉はそう言って一礼した。

そんな二人の様子を、夕食の仕込みに専心しているふりをして、じっとうかがっていた者がいた。

組頭の丸茂長十郎だった。

三

どうやら外では粉雪が舞いはじめたらしい。

食材を運び入れてきた六尺たちがそんな話をしていた。

そのとき、時吉はひらめいた。さっそく調べてみると、材料もそろっていた。茶碗蒸しもつくらなければならないから、あまり思案しているいとまはない。時吉はいま思いついた料理をつくって上様にお出しすることにした。

まず独活《うど》をせん切りにし、水にさらす。そうすることによって、独活がしゃきっと生き返る。

次に用意したのは芥子菜《からしな》だった。これも水にさらして生《なま》で食せば、辛みが心地よく口中に広がる。独活のせん切りと同じ皿に盛り、醤油や酢を混ぜて胡麻を散らした汁をかけて食せば、いくらでも胃の腑に入る。

だが、時吉はそうしなかった。芥子菜の緑がことのほか濃いものだけを選ぶ。さらに、青々とした葉先だけを摘み取った。

ほかのところを使わないのはもったいないが、蒲鉾を申し訳程度に切っただけで横流しをすることなどに比べれば、罰は当たるまい。

摘み取った芥子菜の葉先は細かく刻み、すり鉢に入れてよくする。すりあがったら、塩を入れて沸かした湯に投じてひと煮立ちさせる。

これを布巾で漉《こ》すと、なめらかな青汁だけが残る。そこに酢と砂糖を加えれば、さわやかな青酢ができあがる。

器は黒塗りの漆器を用いた。金色《こんじき》に輝く三つ葉葵の紋どころがついていたから手が震えたが、時吉はどうにか青酢を張り終えた。

見立てられているのは、春の野だ。

一点の陰りもない、喜びの緑の野原。

そこへ、雪が降る。

春の雪だ。

時吉はていねいに雪を散らしていった。独活のせん切りは、小ぶりな富士の趣で、春の野に降り積もった
（これでいい……。

あとは茶碗蒸しの仕上げだ）

泡の一粒一粒まで慎重につぶしたおかげで、息を呑むような仕上がりになった。

蓋を取れば、香りとともに湯気がふわりと立ちのぼるだろう。

こうして、のどか屋時吉、一世一代の料理ができあがった。


きし、きしとかすかに廊下が鳴る。

それに合わせて、時吉の心の臓も高鳴った。

御膳所御台所から黒書院《くろしょいん》まで、いったいいくつの廊下の角を曲がったことだろう。

御膳奉行は何度その名を名乗り、用向きを告げたことだろう。

行けども行けども延々と廊下が続いていた。それほどまでに御城は広かった。まる

で仕切りのある大海原のようだった。

葵の御紋がついた漆塗りの倹飩箱《けんどんばこ》を提げ、足を滑らせたりせぬように、時吉は慎重に歩を進めた。

「いま少しだ」

道案内をしていた御側衆《おそばしゅう》の一人が言った。

「痛み入り申す」

蜷川六蔵がうやうやしい口調で言った。

御側御用人に使える御側衆は八人いる。おおむね五千石前後の旗本がその役に就く。待遇は老中にも劣らないから、たかだか二、三百俵高の御膳奉行とはまるで格が違った。

黒書院に入っても、目指す御小座敷にはなかなかたどり着かなかった。将軍が休むために使う小部屋につき、北の奥まったところにある。

普通は側用人と小姓しか御小座敷に入ることはできない。その将軍専用の部屋に、一介の市井の料理人である時吉が料理を提げて向かっているのだから、心の臓が高鳴るのも無理はなかった。

やがて、ようやく御小座敷に着いた。

「しばし御成りを待たれよ」

御側衆が言った。

「ははっ」

御膳奉行が深々と頭を下げる。時吉もそれにならった。

御小座敷には、すでに小姓が控えていた。これまた格は御膳奉行より上だ。

「膳は、これへ」

小姓は優雅な猫足がついた黒塗りの漆器を手で示した。

ほかに湯桶なども抜かりなく用意されている。

上座に座るべき人は、むろんまだ現れない。倹飩箱から三色茶碗蒸しと春の雪を出して漆器の上に置くと、時吉は長いため息をついた。

「しばし待たれよ」

御側衆はそう言い残して去った。

御膳奉行とともに、時吉は御成りを待った。

蜷川は不機嫌そうな顔つきで、例によって唇をへの字に結んだまま、ひと言も発しなかった。御膳所を出立《しゅったつ》するときに、

「粗相のなきようにせよ」

と、告げただけだった。

時吉はひたすら待った。

ここまで何度も冷や汗をかいた。危うく匙《さじ》を忘れるところだった。箸などは御小姓が用意してくれるだろうが、茶碗蒸しを出すというところまでは伝えていない。匙がなければ、上様にとんだ難儀をおかけするところだった。

滑りやすい廊下では、足を取られそうになった。せっかくおつくりしたものが台なしになったら、取り返しのつかないことになってしまう。

腕に気を入れすぎたせいか、かつてあれほど剣術で鍛えていたのに、肩から二の腕のあたりがずいぶんと張っていた。それとなくほぐしていると、御膳奉行が咳払いをした。居住まいを正しておれ、という指図だ。

それからは、両手をひざの上に置き、時吉は端座して待った。

そして、声が響いた。

「おなーりー……」

いくぶん間延びした、長く尾を曳《ひ》く小姓の声が、時吉の耳にも届いた。

「頭《ず》を低うせい」

御膳奉行の命《めい》に従い、時吉は平伏した。

ややあって、人の気配が近づいてきた。

四

「久しいのう、のどか屋」

天から声が降ってきた。

時吉の耳にはそう聞こえた。

実際、上様の声はやや高かった。貴人《あてびと》ならではの上品な声だ。

初めて聞く肉声だった。酔狂にも紫頭巾をかぶって下々《しもじも》の「味くらべ」にお出ましになったときは、ついにひと言も発することがなかった。

「お答え申せ」

蜷川が小声でうながした。

「ははっ」

ようやくそれだけ声が出た。言葉にはならなかった。どうお答えしてよいものやら、まったく道筋が見えなかったのだ。

「苦しゅうない。面《おもて》を上げよ」

また声が響いた。

「御膳奉行どの、並びにのどか屋、上様の命である。面を上げよ」

入口に控えていた御側衆が促した。

「はっ」

御膳奉行に続き、時吉も恐る恐る顔を上げた。

ただし、あまりにもまぶしくて、すぐさまお顔を見ることはできなかった。

時吉の目にまず映ったのは、抜けるように白い羽二重の色だった。御小座敷でくつろぐときは、将軍は白衣と白帯というすがしい姿になる。

「よう来た、のどか屋」

家斉《いえなり》は意外にさばけた口調で言った。

「恐れ入りましてございます」

時吉はそう答え、またいくらか顔を上げた。

今度はお顔が見えた。

紫頭巾をかぶってはいない。畏れ多くも、上様のご尊顔をじかに仰ぐことができた。

「先《せん》に忍びの『味くらべ』で食したそちの料理が忘れられんでな。また、と思うたのだが、まわりがうるそうてかなわん。そこで、無理を言ってここへ呼び出したというわけだ」

家斉はそう言って瞬《まばた》きをした。

大きな目だ。

お疲れなのか、まぶたはやや腫れぼったくなっているが、目にはたしかな光が宿っていた。

「ありがたく存じます」

時吉はまた頭を下げた。

「朝に出た茶碗蒸しも、極上の味であった。ただ、毒味を重ねるもので、せっかく熱を持って平らかであったものが崩れてしもうてな。どうあっても、再び食してみたくなったという次第だ」

「はっ……これにまさる喜びはございません」

時吉は本心から言った。

「ただ、そう言うてはみたが、あまりに熱いものはちと苦手でな。どうもわが舌が嫌がるのよ」

家斉は笑みを浮かべた。

ほおはいくらかたぷっとしているが、この歳になっても笑うと男の色気がそこはかとなく漂ってくる。将軍家斉といえば、「その女謁《じょえつ》の盛んなりし様子は、十六人の腹に五十六人という多数の子を生ませしというに見ても知るべきなり」と物の本に書かれたような艶福家だが、さてこそというたたずまいだった。

将軍の言葉を聞いて、時吉はふと思い出した。

そういえば、紫頭巾のお方は猫舌で、熱いものを食べるのに苦労しておられた。

「されば、上様。茶碗蒸しがいくぶん冷めるまで、いま一つの料理を食されてはいかがでしょうか」

御側衆が声をかけた。

「おお、そうであった。茶碗蒸しとはべつに何か軽いものを、と所望しておったな。これか？」

将軍は献上品の斑唐津《まだらからつ》の鉢を指さした。

「さようでございます」

時吉が答えると、すかさず小姓が中腰で近寄り、さっと蓋を取った。

春の雪景色が現れた。

「ほう」

思わず声がもれる。

「これは……独活か？」

「はい。春の野に降る雪に見立てさせていただきました」

「君がため　春の野に出でて　若菜つむ　わが衣手《ころもで》に　雪は降りつつ……風流《ふりゅう》じゃのう、のどか屋」

家斉は光孝《こうこう》天皇の御製《ぎょせい》をさらりと諳《そらん》じてみせた。さすがは頻繁に大奥で能楽を楽しむ趣味人だ。

「恐れ入りましてございます」

「茶碗蒸しの蓋も、お取りいたしましょうか」

猫舌の将軍に、小姓が気遣いを見せた。

「うむ」

小姓が一礼して茶碗蒸しの蓋を取ると、御小座敷にほわっと湯気が漂った。

香りを含んだ、心地いい湯気だ。

「美しいのう」

家斉は大きな目を細くした。

「さながら鏡のごとしよ。三つ葉の青、海老の赤、さらに銀杏の黄が目にしみるかのようだ」

「畏れながら……」

しゃがれた声で、御膳奉行が声を発した。

「申せ」

「はっ、それがしがお毒味を」

「無用じゃ」

やや不機嫌そうに、将軍はひと言でしりぞけた。

「冷ましがてら、毒味は当方がいたす。控えておれ、御膳奉行」

御側衆がそう申し渡したから、蜷川はにわかに縮みあがった。への字に結んだ唇の端が微妙に震えていた。

「どれ、賞味いたすか」

将軍は白木の箸を手に取った。

時吉は頭《ず》を低うして上様のお言葉を待った。

いくたびも修羅場をくぐってきた時吉だが、こたびばかりは勝手が違った。口から心の臓が飛び出しそうだった。

「うむ……」

ややあって、短い言葉がもれた。

「風流である、のどか屋」

家斉はそう言った。

満足の声音《こわね》だった。

「ありがたく存じます」

時吉はゆるゆると顔を上げた。

「かようにみずみずしい独活は食したことがない。さてもさても、風流な雪じゃ。この緑の野は……」

家斉は優雅に小首をかしげた。

「青酢でございます。芥子菜からつくらせていただきました」

「そうか。雪と野がうまく響き合っておる。一皿の中にて、さながら舞楽が行われているがごとしだ。あっぱれであったぞ、のどか屋」

「もったいのうございます」

時吉は胸が詰まった。

このお言葉は終生忘れるまい、とただちに心に誓った。

「畏れながら、お毒味を」

小姓が茶碗蒸しを手で示した。

「うむ。まだ熱いようなら、ふうふうしてくりゃれ」

「かしこまりました」

小姓は匙で茶碗蒸しを控えめにすくい、自らの口中に投じた。味と熱をひとしきりたしかめると、少し迷ってから小ぶりの海老を含めていま一度多めにすくった。

そして、将軍に目礼してから、息をふうふうと吹きかけて冷ました。

「おそらくは、頃合いかと」

ややあって小姓が言うと、脇息《きょうそく》にもたれて待っていた家斉はゆっくりと姿勢を正し、口を開けた。

わらべのようなしぐさだった。

その口中へ、粗相のなきように気を遣いながら、小姓が匙を差し入れた。

時吉はかたずを呑んで見守っていた。

一瞬、将軍の眉間に縦じわが浮かんだ。

「お熱うございましたか」

小姓がそれと察して問う。

「ちいとな。されど……」

海老を嚙み、ほどよく蒸された玉子汁とともに胃の腑に落とすと、家斉はあとの言葉を続けた。

「美味である」

時吉は無言で頭を下げた。また言葉が出てこなかった。

「美味である」

将軍は重ねて言った。

「冷めたものもよいが、まだ熱を持っているものをふうふうしながら食すのも醍醐味であるな」

満足げに言うと、家斉は小姓に目で合図をし、次の匙を求めた。

春の雪も、三色茶碗蒸しも、将軍はきれいに平らげた。

その上で、お言葉があった。

「のどか屋の、時吉」

さながら慈父《じふ》のごとき、穏やかな声だった。

「はっ」

「大儀であった。平生《へいぜい》は味わえぬ料理であった」

「……もったいのうございます」

「ときに、のどか屋」

家斉の口調がわずかに変わった。

「このまま城を去り、見世に戻すのは惜しい。そなたにその気があらば、台所人に取り立てるがどうか」

思いもかけぬ言葉だった。

台所人は武士だ。思うところあって刀を捨て、包丁に持ち替えた時吉に、また武士になれという話があった。それも、武士の棟梁たる将軍の口からじきじきに。

時吉の脳裏にさまざまな顔が浮かび、思いが渦巻いた。

「お答え申せ」

面を伏せたままの御膳奉行が小声でうながす。

「畏れながら……」

考えがようやくまとまった。

「うむ」

「わたしは一介の市井の料理人でございます。江戸の町で暮らしとう存じます」

「上様の仰せであるぞ。うぬごときが口ごたえを……」

蜷川が目を剝いた。

「よい。控えておれ、御膳奉行」

家斉がうるさそうに一喝すると、蜷川の肩がびくっと震えた。

「江戸の町で暮らしたいとな？」

口調を和らげ、家斉はたずねた。

「まことに相済みません」

「わけを申せ、のどか屋。御城のつとめは気詰まりか」

「さようなことはございません。ただ、江戸の町の人々とともに暮らし、ともに喜び、ともに嘆くような見世をやっていきたいと、わたしは念願しております」

将軍はうなずいた。

時吉はさらに続けた。

「昨年、大火にて見世を焼かれ、炊き出しの屋台を引くところから再び歩み出しました。かねてよりのご常連や町内の人たちに支えられて、ようやく新たな根を張ることができたところです。そういった人々の情に応えて、気持ちがほっこりとなるような料理をのどか屋でお出ししていければと思っております。それゆえ、身に余る光栄ではあるのですが……」

「よい」

短い言葉で、家斉はさえぎった。

「民が平らかであらばこそ、余は舞楽などにうつつを抜かしておられる。のどか屋のごとき見世が江戸じゅうの町にあらば、世は泰平であろうぞ」

「ははっ」

上様の器量の大きさに打たれながら、時吉は一礼した。

「ただ」

将軍の口調がまたわずかに変わった。

御側衆をちらりと見てから、家斉は続けた。

「たまにはそちの料理を食したきもの。召されたときは、つくりに来てくりゃれ」

ありがたくも優しいお言葉だった。

胸の詰まる思いで、時吉は答えた。

「必ず……まいります」

第四章　葱味噌田楽

一

夕食のつとめは御免になり、時吉はまた御忍駕籠に乗った。

「いいかい、のどか屋さん。あんたが料理をふるまったのは酔狂な紫頭巾のお方だ。帰って何を問われても、知らぬ存ぜぬで通してくんな」

駕籠が出立《しゅったつ》する前に、黒四組の組頭の安東満三郎は念を押すように言った。

「承知しました。ただ……」

「ただ？」

「女房にもすべて秘密にしたほうがよろしいでしょうか。やはりどこぞかのお大名だったということにして、つじつまを合わせようかと考えているんですが」

「おちよさんは、口が堅いほうかい？」

「ええ、それはもう」

女はよろずにうわさ話が好きだ。あながちそうでもないのだが、ここは方便だ、と時吉は考えた。

「それくらいならいいだろう。お大名の名前は言えないってことにしてな。あとは、これで」

あんみつ隠密は、口の前に一本指を立てた。

「だれに問われても、紫頭巾のお方で通します」

「そうしてくんな。それから……」

駕籠を運ぶ六尺たちにちらりと目をやってから、安東は声をひそめて言った。

「例の件、たしかに前からなにかとうわさがあったんだ」

「さようですか」

「さっそく手下《てか》の者に探らせてる。念のため、戸締まりに気をつけていてくんなよ」

「と言いますと？」

「窮鼠猫《きゅうそ》を嚙むって言うじゃないか。気をつけるに越したことはねえ」

「……分かりました」

「なら、ご苦労さん」

安東は時吉の肩をたたいていずこかへと去っていった。

えっ、ほっ……。

えっ、ほっ……。

声をそろえて駕籠が進む。

幾重もの番所と門を越え、御城の外へ出たときには心底ほっとした。駕籠は過《あやま》たず岩本町のほうへ進んでいた。たまさか耳に入る言葉で、おおよその方向の察しがついた。

そして、駕籠が止まった。

降りたときは、最後の西日がのどか屋ののれんを照らしていた。

の、と染め抜かれた文字が、いつもと少し違って見えた。

「ありがたく存じました」

駕籠の担ぎ手たちに礼を言うと、時吉はわが見世のほうへ向かった。

のどかが表に出て前足をそろえ、往来をぼんやりと見物していたが、時吉を見て驚いたように中へ入っていった。

「おや、どうしたんだい?」

おちよの声が響いてきた。

それに応えるように、時吉はのれんを分けてのどか屋に戻った。

「いま帰ったよ」

「まあ、おまえさん」

おちよが目をまるくした。

「おお、よくお帰り」

檜の一枚板の席に座っていた隠居が振り向いた。

「出張だってね」

「ご苦労さん」

「売れっ子だねえ」

「あやかりてえもんだ」

何も知らない職人衆が座敷から声をかける。

留守のあいだも、こうして客はのどか屋に足を運んでくれていた。そう思うと、時吉はなんとも言えない気分になった。

「ようこそご無事で、おまえさん」

おちよは声を落とし、いくぶんうるんだ目で言った。

「ああ、すまなかった」

「なんの。……で、首尾は？」

「いずれまた……出前のおつとめがあるかもしれない」

時吉は言葉を選んで告げた。

「なら、お気に召してくだすったのね。おの字の方は」

おちよはどこぞかのお大名に呼ばれたと思いこんでいる。時吉にだけ分かる符丁のつもりで言った。

「ああ、ありがたいことに」

本当のことを告げたら、気を失って倒れるかもしれない。

そう思いながら、時吉は答えた。

厨《くりや》に入ると、身の引き締まる思いがした。上様のありがたいお申し出をお断りし、こうしてまたのどか屋の厨に立ったからには、江戸の人々のために、のれんをくぐってくださるお客さんのために、一膳、一椀、一皿に思いをこめて料理をつくらなければならない。

「おっ、それは」

時吉は隠居の前に出されている皿に目をやった。

「なかなかおいしいよ。おちよさんもやるもんだ」

季川がそう言って箸で示したのは、揚げ田楽だった。

「大根とお豆腐を揚げてみたの。でも、上に載せるものがちょっとあいまいで。これでよかったかしら」

おちよが差し出したものには見憶えがあった。師の長吉が考案した料理だ。素揚げした大根や豆腐や蒟蒻《こんにゃく》や里芋、あるいは長芋の上に葱味噌《ねぎみそ》を載せていただく。

「どれどれ」

味見をしてみると、どうも何かが足りなかった。

刻んだ青葱に味噌を交ぜ、酒と味醂を足してよくたたく。そのつくり方の道筋に間違いはないが、一つ欠けているものがあった。時吉はすぐさま思い出した。

「削り節が入ってないな」

「あっ、そうか」

おちよが声をあげた。

「それに、味醂が少し足りない」

「そのあたりの味の加減がしっくりこなくて。じゃあ、つくり直して、おまえさん」

「承知」

時吉はすぐさま鉋《かんな》を手に取った。

削りたての鰹節を葱味噌に交ぜ、ほんの少し味醂を足す。これだけでも十分に酒の肴になるものを、揚げたての田楽の上に載せて供すれば、素揚げされたものの味がなおさら活きてくる。

「なるほど、ひと味違うね」

季川が顔をほころばせた。

「おいらにもくれよ」

「おかみさんの料理も悪くなかったが、やっぱり時吉さんが看板だからな」

「そうそう。江戸の大看板よ」

「そりゃまた、大きく出たな」

「岩本町にのどか屋あり、だ」

職人衆が囃し立てる。

意気に感じて、時吉は包丁を動かした。

うまくなれ、うまくなれ……。

そう念じながら葱味噌に削り節と味醂などを交ぜてたたき、ほくほくの素揚げ大根の上に載せる。次々に皿が出来上がり、客のもとへ運ばれていった。

「うめえなあ」

「酒もすすむぜ」

「大根とは思えねえや」

座敷から声が飛ぶ。

続いて、人参が余っていたから胡麻炒めにした。

薄切りにしたものをそろえて重ね、ていねいにせん切りにしていく。この仕上がりが不揃いだと食べ味が落ちてしまうから、同じところを切っていく要領で包丁を手際よく動かし、細く切り揃えていく。

人参は胡麻油で炒める。すりおろした大蒜《にんにく》を加えるとこくが出る。強火で炒め、塩を振り、盛り付けてから白胡麻を散らす。

「春らしい一皿だね」

季川が笑みを浮かべた。

「じゃあ、師匠、ここで一句」

おちよが水を向ける。

「はは、そう来たか。まずは食べさせておくれよ」

「すみません」

のどか屋に和気が満ちた。

のどかとやまとは互いの体をなめ合っている。親と子とはいえ、しょっちゅう喧嘩もするのだが、いまはいたって仲むつまじかった。

「いいね。ただの人参が、料理人の腕で美しく化けたものだ」

「ありがたく存じます」

今度お召しがあったときは、上様にもおつくり申し上げようかと思いながら、時吉は答えた。

「ならば、そろそろおつとめを果たそうかね」

頃合いを見て、隠居はふところから矢立てを取り出した。

おちよが用意した短冊に、うなるような達筆で句をしたためる。

のどかさはのれんの内の笑顔かな

「のどか」は春の季語だが、むろん「のどか屋」と懸《か》けてある。

「おちよさんの顔を見てたら、ふと思いついた」

「まあ」

「笑顔がいちばんだよ」

「じゃあ、わたしもお返しを」

おちよは猫のほうをちらりと見てから筆を執った。

　　のどけしや子猫いつしかひとかどに

やまとを詠んだ句だった。

もちろん、猫の知ったことではない。毛づくろいが終わったぶち猫は、前足を伸ばしてふわあっとあくびをした。

座敷で酔った職人衆が戯《ざ》れ唄を唄いだした。

のどか屋は、その名のとおり、のどかだった。

こののどかさが、ずっと続いていくはずだった。

だが、次なる危難は、もう目睫《もくしょう》の間《かん》に迫っていた。

二

そんな夜更けに目を覚ましたのは、猫がないたからだった。

のどかだ。

時吉は思った。

まだ浅いが、春は春だ。

そのうち、のどかはまた子猫をたんと産むだろう。

こたびはどこへもらってもらおうか。前と同じところへもう一匹というわけにもいくまい。

ならば、木箱の中にのどかが産んだ子猫たちを入れて、欲しい方はお持ち帰りくださいと……。

夢うつつのままにそこまで考えたとき、時吉は急に胸騒ぎがした。

ないているのはのどかだが、そんな悠長な声ではないような気がした。もっと切羽詰まった、急を告げる声だ。

しかも、険があった。まるで敵を威嚇しているかのようだ。

時吉は半身を起こした。

二階の狭い座敷で、おちよとともに寝ている。女房は何も気づかず、安らかな寝息を立てていた。

起こさないように気をつけながら、時吉は布団を出て階段を下りた。

土間に降り立ったとき、はっきりとした気配を感じた。

表に、人がいる。

だから、のどかがないていたのだ。

月あかりがわずかに差しこんでいた。その乏しい灯りを頼りに、時吉は厨へ向かい、護身用に置いてあった堅い樫《かし》の棒を手に取った。

表へ向かうと、嫌な臭いが鼻をついた。

油だ。

ゆっくりと心張り棒を外し、表の様子をうかがう。

その時吉の耳に、声が届いた。

「早くしろ」

「へい」

カッカッ、と乾いた音が響いた。

火打ち石だ。

油を撒き、いままさに火をつけようとしている。

ひとすじの道がつながった。

時吉はやにわにくぐり戸を開け、見世の表へ躍り出た。

「うわっ！」

不意を突かれた怪しい者が声を発した。

「だれだ」

時吉は棒を構えた。

二人いる。

いずれも黒い頭巾で面体《めんてい》を隠していた。

チッ、と舌打ちをして、賊の一人が抜刀した。

時吉は素早く棒を動かし、もう一人の賊の小手を打った。

「うっ！」

手から火打ち石が落ちた。

「火付けか」

「のどか屋の時吉だな？」

賊の刀の構えが変わった。

「いかにも。見世に火を放つつもりだったのか」

「ゆえあって、死んでもらう。覚悟しろ」

そう言うなり、賊は正面から斬りこんできた。

がしっと受ける。

敵の剣を樫の棒で受け止めると、時吉は渾身の力をこめて押し返した。

束の間、二人の体が離れた。

もう一人の賊が脇差を抜き、隙を突こうとしていた。それは息遣いと殺気で分かった。

「出あえ、出あえ！」

捨てたはずの武家言葉が口をついて出た。

だれかの耳に届くかもしれない。賊は木戸をうまくかいくぐってここまで来たのだろうが、町の人々が目を覚ましてくれれば加勢になる。

「死ね」

次の太刀が飛んできた。

今度は体《たい》をかわし、たたらを踏ませた。

闇の中でも戦えるように、かつて習練を積んだ。

時吉は敵が見せた一瞬の隙を見逃さなかった。

怒りをこめて痛烈な棒の一撃を食らわすと、頭をしたたか打たれた賊はあおむけに倒れて動かなくなった。

もう一人の賊はにわかにひるんだ。

時吉がまだ手ごたえの残る棒を突きつけると、

「悔やむな」

と捨てぜりふを吐き、仲間を見捨てていっさんに逃げ出していった。

「だれに頼まれた」

倒れている賊の首根っこをつかみ、時吉は鋭くたずねた。

まだ怒りが体にみなぎっていた。

(もしこやつが火をつけていたら、のどか屋ばかりではない、町も焼けたかもしれない。風に乗って火は広がり、また昨年のような大火になったかもしれない)

そう思うと、許しがたかった。

「おい、目を覚ませ」

体を揺すると、弱々しいうめき声が口から漏れた。

息はある。

「どうした?」

闇の向こうから、提灯の灯りが二つ、揺れながら近づいてきた。

時吉の声を聞きつけ、辻番から飛んできた者たちだった。

のどか屋を襲った賊の一人は、ほどなく捕縛された。

三

「なかなかに根が深そうだな」

一枚板の席で、安東満三郎が腕組みをした。

「捕まったやつは、うんともすんとも言わないようです」

家主の源兵衛も難しい顔をしていた。

のどか屋の雰囲気は、昨日とは一変していた。

賊を撃退したというのに、時吉の顔にも憂色が濃かった。

無理もない。

外が明るくなってから役人とともにあらためてみると、案の定、見世先には油が撒かれていた。火打ち石も落ちたままになっていた。

危ないところだった。もう少し遅れていたら、火を放たれていたところだ。もし火事になっていたら、おそらく命はなかっただろう。階段は一つで、二階から逃げ場はない。おちよとともに煙に巻かれて死んでいたに違いない。

危険を知らせてくれたのどかには礼を言って、魚の切り身をあげた。猫はひとしきり喉を鳴らし、息子のやまととともに喜んで食べた。

だが、それでめでたく一件落着というわけにはいかなかった。

賊はただの火付けではない。のどか屋を狙ったのは疑いのないところだった。では、だれが、何のために、のどか屋に火を放って時吉を殺そうとしたのか。

思い当たることはあった。上様からのお召しがなければ、そして、御城の中で過ごさなければ、のどか屋に刺客が放たれることはなかっただろう。

しかし、そういう子細をおちよや源兵衛などに話すわけにはいかなかった。ゆえに、心ならずも、思い当たるふしはない、また江戸に剣呑な火付けが跳梁《ちょうりょう》しているのかもしれない、と方便の嘘を並べておいた。

そうこうしているところへ、事を聞きつけたあんみつ隠密がやってきた。安東だけは、なぜのどか屋が狙われたのか察しをつけていたから、時吉としては心強かった。

「二の矢、三の矢が飛んできたら、と思うと、うちだけのことではなくなってしまいますから」

時吉は言った。

「たしかに、火が出ていたらと思うとぞっとするね」

と、源兵衛。

いつも柔和な男だが、今日は店子《たなこ》を預かる家主の顔をしていた。

「心当たりはないの？　おまえさん」

事情を知らないおちよが問う。

時吉は安東の顔をちらりと見た。嘘をつくにしてもどうしたものか、うまい策が思い当たらなかった。

「ご亭主はさるお大名に呼ばれて、料理をつくった。その料理は上々の出来で、お大名もことのほか喜ばれた。よろずに万々歳で終わるはずだったんだ」

安東はそう言って、苦そうに茶を呑んだ。

座敷には猫しかいない。役人による取り調べもあり、いつもどおりの仕込みをして飯などをふるまう余裕はなかったから、見世は休みにした。

「でも、それで終わらなかったんでしょうか」

「あとで様子をうかがいに行ったとき、ご亭主から話を聞いたんだが……」

安東はそう言って、おちよと家主の顔を見た。

時吉には読めた。

いかにまぼろしの黒四組とはいえ、直参旗本の安東が他の大名の上屋敷にひょこひょこと顔を出したりすることはありえない。そのあたりをいぶかしまれては嘘がばれてしまうところだが、どちらも腑に落ちない顔はしていなかった。

心安んじて、安東は続けた。

「お大名の屋敷ってのは広いもんだ。勝手を知らねえ者が招かれて、うっかりしてると、思わぬところへ迷いこんじまう。のどか屋さんも、ついそうなってしまったっていうわけだ」

「そこで、何か見聞きしてしまったということですか」

源兵衛が先を読んで言った。

「ええ……それがどういうことであるかは言えないのですが」

時吉はまた安東の顔を見た。

それでいい、と黒四組のかしらがうなずく。

「でも、ただ見聞きしただけじゃ、襲われたりしないはず」

おちよの顔におびえの色が浮かんだ。

「まあそうなんだよな、おかみ」

安東が長いあごに手をやった。

「いま、おれが調べにかかってるんだが、ご亭主はちょいと面倒な紐を引っ張っちまったかもしれない。たたけばほこりが出る連中にとってみりゃ、大事なことを聞かれちまったやつの口は封じておくにしくはないってことさ。そいつがあこぎなことをやりそうで、仲間に引きずりこめそうなら、そういう手も打ってきたかもしれねえがね」

「うちの人は、そんな曲がったことはしませんから」

おちよが言うと、源兵衛もすぐさまうなずいた。

「そりゃ、人を見れば分かる。……で、かくなるうえは、と」

安東は火打ち石を操るしぐさをした。

「何を聞いてしまったかは、安東様にだけお話しした」

時吉はおちよに言った。

「なんだか怖いお話みたいだから、あたし、訊かないことにする」

「それがいい」

「とにかく、その件は任せてくんな。たまった膿《うみ》はまとめて出しちまわないと、のちのちまでたたりそうだ。で、肝腎要《かんじんかなめ》の話は、今後をどうするかってことなんだが……」

安東は時吉を見た。

時吉はもう肚《はら》をくくっていた。

（お客さんあっての、のどか屋だ。ここ岩本町のみなさんのごひいきを得て、のどか屋をやってこられた。この町に根づくことができた。

その大事な町に、万が一、わが身が理由で火を付けられでもしたら、どんなにわびてもわび足りない）

「ひとまず見世を閉めましょう」

時吉は言った。

家主はゆっくりとうなずいた。

「それがいいかもしれないね。なに、ほとぼりが冷めるまでの話だ。火付けの心配がなくなれば……」

源兵衛がそこまで言ったとき、表で人の気配がした。

「おや、あいにく休みかね」

貼り紙を見てそう言う声は、耳になじみのあるものだった。

隠居の季川だ。

「どうぞ。中におりますので」

おちよが声をかけると、ややあって戸が開き、季川が姿を現した。

一人ではなかった。

安房屋《あわや》の新蔵《しんぞう》を連れていた。

竜閑町《りゅうかん》の醬油酢問屋安房屋の隠居辰蔵《たつぞう》は、季川と並ぶのどか屋の常連だったが、昨年の大火で不幸にも亡くなってしまった。いまは息子の新蔵が跡を継ぎ、蔵だけは焼け残った問屋を立て直している。

「久々に安房屋さんへ顔を出したら、こちらの近くへ用があるってことだったから、ならば終わってからのどか屋さんで一献《いっこん》という話になったんだ」

隠居がいきさつを述べた。

「お取り込みのようでしたら、また日を改めてうかがいますが」

まだ若い醬油酢問屋のあるじは、いくらか腑に落ちないような顔つきで言った。

「いえ、しばらく開けられないかもしれないもので」

時吉はそう言って、かいつまんで昨夜のいきさつを述べた。

一枚板の席だけでは手狭だ。それに、こみ入った話になる。

一同は座敷に移り、じっくりと策を練ることにした。

知恵を出すには、酒の力もいる。

となれば、肴も必要だ。

「仕入れはしておりませんので、たいしたものはできませんが、有り物でつくらせていただきます」

時吉は厨に戻った。

「手早くしてくんなよ。のどか屋さんも、話の輪の中に入ってもらわなきゃならねんだから」

安東が言った。

「承知しました」

「とりあえず、お漬物ならございますので」

おちよがそう言って、かぶの阿茶羅《あちゃら》漬けなどを運んだ。

野菜を甘酢に漬け、唐辛子を加えたものを阿茶羅漬けと呼ぶ。ポルトガル人が伝えたものらしい。

それを見て、時吉はある料理を思いついた。手間はそれなりにかかるが、安東が隠居と安房屋に話の入り組んだところを話しているところだから大丈夫だろう。

まず蒟蒻《こんにゃく》を茹でて水にさらし、あくを抜く。

全体の下ごしらえができたところで、斜め格子に細かく包丁目を入れていく。味をなじませるためには、この手間を惜しんではならない。

さらに薄くそぎ、ひと口で食べられる三角の形にする。

これを油で揚げる。蒟蒻がちりちりになったら、笊《ざる》に上げて湯をかけ、油抜きをする。この手間もかけないと、油が邪魔をして味がしみこまない。

最後は炒り煮で味をつける。醤油と酒、それにほんの少しの味醂でいい。

汁気がなくなったら器に盛り、七味唐辛子を振ってお出しする。

蒟蒻の阿蘭陀煮《おらんだに》の出来上がりだ。

油で揚げたり、煮たりする料理には阿蘭陀の名をつける。時吉にそこまでの知識はなく、南蛮つながりで選んだだけだが、「オランダ」もポルトガル語だった。

「安東様にはちいとばかり辛くて相済みませんが」

甘い物に目がない黒四組の組頭に断って、時吉は蒟蒻の阿蘭陀煮を出した。

「なんの。阿茶羅漬けは甘えからな」

安東はこりっとかぶをかんだ。

「なるほど……生《しょう》のものの肉みたいだね」

蒟蒻の阿蘭陀煮を食べた隠居が言った。

「元が蒟蒻とは思えません。おいしゅうございます」

如才のないあきんどの顔で、安房屋新蔵が軽く頭を下げた。

「料理人の腕があれば、どこにでもあるただの蒟蒻が見違えるような味になる。たいしたもんだね」

源兵衛も感心したようだった。

「で、その料理人の口を封じようとしている連中がいるわけだが……」

安東は座り直して続けた。

「だれであるかはちいとばかし差し障りがあるので言えねえんだが、ともかくまあ、窮鼠《きゅうそ》猫を嚙むっていうこともある。用心する分には、どれだけ用心してもしきれねえくらいだ」

「旦那がおっしゃる鼠は、それほど窮しておりましょうか」

隠居が遠回しな言い方をした。

「そりゃ気をとがらせているだろう。もし明るみに出れば、切腹、さらに御家断絶は免れぬところ。となれば、なりふりかまわず禍根《かこん》を断とうとするのは当たり前かもしれねえや、ご隠居」

「なるほど、これはまた困ったことになりましたな」

季川の白い眉がゆがむ。

「わたしが狙われるだけなら、べつに怖くはないのですが……」

わが胸を指さしてから、時吉は続けた。

「ゆうべは危うくちよも巻きこまれるところでした。なにより、火が出ていたら、取り返しのつかないことになっていたかもしれません。焼けるのは、のどか屋だけじゃすまなかったかもしれないのです」

時吉は昨年の大火を思い出していた。

多くの人が命を失った恐ろしい大火だったが、元はといえば、三河町の一軒の茶漬屋から出た火だった。折あしく風があり、火は瞬くうちに広がって家並みを焼き尽くし、ほうぼうへ飛び火していった。

昨夜、もし火付けを撃退していなかったら、こののどか屋が大火の火元になっていたかもしれない。その火のせいで町が焼け、たくさんの人が命を落としたかもしれない。助かったにしても、家財道具をなくして難儀をしたかもしれない。そう思うと、背筋が寒くなった。

「なら、ほとぼりが冷めるまで、しばらくゆくえをくらまして、どこぞかへ身を隠すのがいいかもしれないね」

仕方がないという顔で、隠居が言った。

「じゃあ、おとっつぁんの見世で働く？　おまえさん」

おちよが問うた。

「そんなことをしたら、今度は師匠に迷惑がかかってしまう」

「おとっつぁんは嫌とは言わないと思うけど」

「そういうことじゃない。なにぶん相手は窮鼠だ。師匠の長吉屋に火をつけられたらどうする」

時吉はいくぶん色をなして答えた。

「だったら、どうすればいいのよ」

おちよの問いに、時吉はひと呼吸間《ま》を置いてから答えた。

「ひとまず、江戸を離れる」

「江戸を？」

おちよは目をまるくした。意想外の言葉だったようだ。

「ほとぼりを冷ますなら、それがいちばんいい」

「なるほど、それは思いつきかもしれないね。なに、そう長いことでもあるまい。骨休めを兼ねて、二人でお伊勢参りでもしてくればいいよ」

隠居はそう言って、おちよに注がれた猪口の酒を呑み干した。

「ただ、そうすらすらと筋書きが進んでくれるかどうか、ちと分かんねえところもあるんでね」

安東が含みのある言い回しをした。

物見遊山の伊勢参りへ行って、戻ってきたらほとぼりが冷めているような生易しい話ではあるまい。それは時吉にも重々《じゅうじゅう》分かっていた。

「ことによると、長くなるかもしれませんね。一年か二年、そのくらいは見ておいたほうがいいでしょう」

「そんなに長く？」

と、おちよ。

「ああ。元はといえば、わたしのうかつから出たことだ。安東様にばかりご迷惑をおかけするわけにはいかない」

「いや、おれのことはいいんだが」

　初めは茶だった安東も呑みはじめていた。話のきりがつくまで腰を据える構えだ。

「おれとしても、おし……いや、さる大名の御家にたまった膿《うみ》を取り除きたいのはやまやまなんだ。どことは言えねえが、幕閣にも加わっている名家だから、これは幕府にとってても由々しい出来事なんでね」

　黒四組の組頭はうまく話のつじつまを合わせた。

「ただ、事が事だけに、すぐどうこうというわけにはまいりませんでしょうからね」

　いつもは柔和な源兵衛が難しい顔で言った。

「家主さんの言うとおりだ。なにぶん大きな魚だ。逃さないように、念には念を入れて、外堀からゆっくり埋めながら網を絞っていかなくちゃならねえ」

「どうかご無理をなさらず」

「まかしときな、のどか屋さん」

「で、どうしなさる？　時さん」

　珍しく隠居から酒をすすめられた。

　話の輪の中に入っているから、今日はもう包丁を握るつもりはない。時吉は一礼して猪口を差し出した。

「いまのところ、何一つあてはないのですが」

どどどど、と階段のほうで音がした。

のどかとやまとが追っかけっこをしている。座敷では取りこんだ話をしているが、むろん猫の知ったことではない。

「のどかたちはどうするの？　おまえさん」

「やつらの狙いはわたしだ。わたしさえ江戸にいなければ、だれにも迷惑はかからない。帰れるようになるまで、ちよは師匠の見世を手伝って……」

「ちょっと待ってよ」

おちよが鋭く制した。

「ここはもうおまえの家じゃないから、長吉屋にちょくちょく顔を出したりするなと、おとっつぁんからは言われてる。『おまえはもう時吉の女房だ。のどか屋のおかみだ。そう料簡しな』と。苦しいとき、困ったときこそ、助け合って、寄り添って生きるのが夫婦《めおと》じゃないの？　それを、あたしだけ江戸に残れって……」

「悪かった」

時吉はすぐさま料簡違いを認めた。

それに、江戸に残したら残したで、案じられてたまらないだろう。連中は卑劣な手を打ってくるかもしれないのだから。

「わたしについてきてくれ、ちよ」

「そう来なくちゃ」

ちょっと遅れて、おちよは笑った。

「苦労をかけるが」

「なんの」

いつもの女房の笑顔だった。

「猫の世話なら、町内で請け合いましょう」

源兵衛が胸を一つたたいてみせた。

「それはありがたく存じます」

「猫は家につくって言います。連れていくわけにもいかないでしょう」

「一匹だけならまだしも、二匹ですからね」

「町内には、質屋の子之吉さんなど、猫がお好きな人がいろいろおります。わたしもまんざら嫌いじゃない。寄り合いで相談して、かわるがわるえさをやるようにしたらよござんしょう」

「どうか、よしなにお願いいたします」

時吉は頭を下げた。

「いい子にしてるんだよ。おっつけ戻ってくるからね」

いくぶんうるんだ声で、おちよが言った。

猫に話が見えるはずもない。のどかとやまとは、今度は座敷の端でくんずほぐれつしはじめた。

「で、江戸からどこへ身を隠すかだが」

安東が蒟蒻を口にして、少し顔をしかめた。やはりこの御仁には辛すぎたらしい。

「せっかくだから、お遍路の旅に出るのはどう？　おまえさん」

「西国《さいごく》か」

「そう。ゆっくり回って、隠し湯にでも浸かって」

「いいねえ、そりゃ」

隠居は乗ってきたが、時吉はいま一つ片づかない顔をしていた。

心ならずも、のどか屋ののれんはひとまず下ろすことになる。一枚板の席の客に料理をふるまうこともなくなってしまう。

それでも、包丁を捨てるわけではない。いや、捨てはしない。

いつかまた、のどか屋の厨に心安んじて立つ日がやってくる。いつかきっと、この町へ戻れる。

そのときのために、何か糧《かて》になることをやってみたかった。

「差し出がましいようですが……」

いままでじっと話を聞いていた安房屋新蔵が口を開いた。

「何か思案がおありかな、新蔵さん」

隠居が問う。

「はい。手前どもは醬油酢問屋でございまして、先代から築いてきた人のつながりがあります。取引をしている醸造元は諸国にございますし、船の融通もつきます。お二人が江戸から逃げるお手助けはできるのではなかろうかと」

安房屋新蔵は腰の低い物言いをした。

「たとえば、銚子《ちょうし》などには？」

時吉はたずねた。

「はい、ございます。先だっても、醬油の醸造元のミツカサさんをお訪ねしたばかりですから」

「ミツカサの本醸造なら、のどか屋でも使っています。なかなかにこくのある、いい醬油です」

時吉は乗り気になった。

銚子といえば、海の幸に恵まれている。地元ならではの料理もあるだろう。

「もしよろしければ、僭越ながら、手前がミツカサさんに一筆したためさせていただきますが」

面差しが先代の辰蔵に似てきた新蔵は、そう言って時吉とおちよの顔を見た。

「おまえさんがその気なら、あたしはどこへでもついていきます」

おちよがきっぱりと言った。

「わが手で網を引いて、漁《と》れたばかりのものを料理してみたいとかねてより思っていたんだ」

時吉は網を引くしぐさをした。

「なら、ちょいと修業へ行くようなもんだね」

隠居が笑った。

暗雲を払い、物事を明るいほうへ導こうとする気遣いが、時吉には泣きたいほどありがたかった。

「銚子なら水路でつながってる。醸造元の名前が分かってるんだったら、いざというときも探しやすい。そりゃあ名案かもしれないぜ」

安東も乗ってきた。

話はまとまった。

敵の二の矢が飛んでこないうちに、手早く段取りを整え、夫婦で江戸を出ることに決まった。

善は急げ、だ。

出立は、明後日と決まった。

第五章　餞《はなむけ》弁当

一

「修業してきな」

と、師匠の長吉は言った。

明日は夜の明けないうちからのどか屋を出て、銚子へ向かう。

その前に、のれんを下ろしたあとの長吉屋へ赴き、こんな仕儀になってしまったわびを兼ねたあいさつをしておきたかった。

「いろいろとご迷惑をおかけしてしまって……」

「水臭《みずくせ》えことはいいやね、時吉」

豆絞りをしたままの料理人は、蓮根《れんこん》の下ごしらえをしながら言った。

きれいな花形に整えた蓮根を甘酢に浸け、ひんやりとした場所で寝かせておく。焼き物に添えたり、ちらし寿司の具に使ったり、幅広く使える重宝《ちょうほう》な品だ。

「濃い潮の香りを嗅いできな。それが料理人の肥やしになる」

「はい。そのつもりです」

「舟に乗って、わが手で魚を獲って捌《さば》く肚づもりなの、この人」

おちよが言った。

「そりゃあ、いい料簡《しょう》だ。料理人は海から揚がって運ばれてきたものだけを使ってるわけだが、本当に生あるものを獲って捌けば、精一杯うまい料理にして成仏させてやらなきゃ罰が当たるっていう心持ちになるだろう」

「でも、おとっつぁん……」

娘の言葉を、「わかってら」とばかりにいなせに手を挙げて制すと、長吉は弟子に向かって言った。

「銚子のあたりは潮が荒い。もし乗るとしても、よほど気をつけな。くれぐれも、無茶するんじゃねえ」

「承知しました」

「それから、ちよ」

茹でた蓮根の湯を切り、甘酢に漬け終えた長吉は、手を拭いてから言った。

「たいしたもんじゃねえが、餞別《せんべつ》だ」

いつのまにかふところに忍ばせてあった袱紗《ふくさ》を取り出し、おちよに渡す。

「そんな改まって……」

「剝《む》き出しで渡したら、御用聞きみたいじゃねえか」

「そりゃそうだけど」

「なに、目ん玉が飛び出るほど入《へえ》ってるわけじゃねえ。あとは向こうでやりくりしな」

「ありがたく存じます」

時吉は頭を下げた。

「では、ありがたく」

おちよも一礼して帯にはさんだ。

「それから、これも持ってきな」

長吉は厨の奥のほうへ行き、かがんで棚から包みを取り出した。

「余り物でつくったもので悪いが、餞の弁当だ。明日の昼にでも食ってくれ」

「それは、なによりの餞で」

師の恩を感じながら、時吉は餞弁当を受け取った。

「お弁当、昼まで平気だよね、おとっつぁん」

「当たるようなものは入れてねえ。海のものはどうせ銚子でいやと言うほど食えるだろうから、畑と山のものだけにした。いたって愛想はねえんだが……ま、とにかく、達者でいな」

「あいよ」

おちよはことさら軽い調子で答えた。

「それから、時吉」

「はい」

「のどか屋の秘伝のたれは、たしかに受け取った。壺は大事に取っておく」

「痛み入ります」

預けていくのは猫だけではない。秘伝のたれの入った壺なども、長吉屋に預けることにした。

「ただ、たれに注ぎ足すことはできねえ相談だ。そんなことをしたら、のどか屋のたれじゃなくなってしまうからな」

「分かっております」

「帰りを待っているのは、のどか屋の常連だけじゃねえ。壺のたれも待ってると思いな、時吉」

たれも帰りを待っている……。

料理人らしい師匠の言葉が心にしみた。

心ならずも江戸を離れることになってしまったが、少しでも腕に磨きをかけて、料理人としてひと回り大きくなって、いつの日かまた江戸に戻りたい。新たにたれをつくって注ぎ足したい。

時吉は思いを新たにした。

「なら、気をつけて行きな。くれぐれも無茶はするな」

師匠に見送られて、時吉はおちよとともに長吉屋を出た。

手に提げた餞弁当が、やけに重く感じられた。

二

別れの朝が来た。

まだ早いのに、家主の源兵衛と質屋の子之吉が見送りに来てくれた。

何と言っても気がかりなのは、二匹の猫だ。

必ず江戸へ帰ってこられるというあてはない。ことによると、これが永《なが》の別れになってしまうかもしれない。

そう思うと、おのずと胸が詰まる。のどかの首筋をなでながら、おちよは目に涙をためていた。

「いい子にしてるんだよ」

のどかとやまとは、餌を食べていた。伝えておくべきことは、源兵衛と子之吉にすべて伝えた。もっとも、毎日餌をやって、猫用の後架《こうか》の始末をするだけで、あとは放っておけばいい。

「なに、のどか屋ののれんは猫たちが守ってくれますよ」

家主が穏やかな顔で言う。

「せがれと交替で餌をやりにきますので、どうかご心配なく」

子之吉が頭を下げた。

「なにとぞ、よしなに」

「はい」

「ちいと寂しくなるがね。修業と願懸けのためってことになってるから、常連も得心してくれるだろうよ」

源兵衛はそう言って、表に出ている木札のほうをちらりと指さした。

貼り紙ばかりでは風で吹き飛ばされかねないし、いささか愛想もない。そこで、少しばかり物々しいが、札を立ててしばらく見世を閉める旨《むね》を告げておくことにした。

諸国でいま一度修業を積み、江戸で一番の料理人になれるように、まことに勝手ながら、当分のあいだのどか屋を休ませていただきます。

時吉とおちよの名で、そう伝えてあった。

間違っても火をつけられたりしないように、木戸と火の用心は夜回りの頭数を増やして厳重に行っている。留守にするのどか屋は、岩本町の人たちに任せておけば大丈夫そうだった。

「本当に修業に行くつもりで、腕を磨いてまいります」

二の腕を軽くたたき、時吉は家主に言った。

「その意気だ」

「では、萬屋さん、どうかこの子たちをよしなに」

おちよが子之吉に頭を下げる。

「承知いたしました」

背筋の伸びた質屋が請け合った。

それでも、おちよは名残惜しげだった。もうじき餌を食べ終わる猫たちをうるんだ目で見ている。

名残惜しいのは時吉も同じだった。ことに、のどかには何度か助けてもらった。こののどか屋の守り神と言ってもいいほどだ。毎朝、布団の上にちょこんと乗って、前足をかわるがわる動かして「ふみふみ」をしてくれる。おかげで寝過ごすことがない。なかなか起きないと顔をなめ、ときには前足で額をちょんちょんとたたく。

こんなになついている猫と離れて旅に出なければならないのは、大げさに言えば断腸の思いだったが、是非もない。

「町のみんなで、せいぜいかわいがってやりますよ」

源兵衛が言った。

「よその町では、猫嫌いがいろいろ悪さをするっていう話を聞きます。ですが、ここ岩本町にはそんなやつはいないでしょう」

と、子之吉。

「人情の町だからね」

「はい。人の情が滅びたら、江戸も終わりですから」

「そんなわけで、時吉さん、おちよさん」

家主は改まってのどか屋の二人を見た。

「憂えなく……ってわけにもいかないだろうが、あとのことはわたしらに任せて、心安んじてお発《た》ちなさい」

「ありがたく存じます」

「では、よろしゅうに」

源兵衛と子之吉に見送られて見世を離れようとしたとき、のどかが「みゃ」と短くないた。

ちょっと待ちなさいという様子で近づき、おちよの着物の裾に顔をすりつける。

「切り火みたいなものかね」

源兵衛がそう言ったから、場に少し和気が生まれた。

「よしよし、ありがとね」

おちよは耳のうしろをなでてやった。

「またな」

時吉も短く言って、のどかの鼻筋を指でなでた。

目を細め、猫がひとしきり喉を鳴らす。

長くなれば、未練になる。

(いい子でいろ。町の人たちにかわいがってもらえ。のどかも、やまとも、風邪を引かないように、達者で暮らせ)

時吉は猫から指を離し、源兵衛と子之吉を見た。

「では」

「お気をつけて。ご隠居や常連さんには、元気で発たれたと伝えておきますので」

「どうか御達者で」

岩本町を代表する二人に見送られて、時吉とおちよはのどか屋を離れた。

三

安房屋新蔵が整えてくれた膳立てどおり、時吉とおちよは日本橋小網町の河岸《かし》から船に乗った。

荷と人を乗せて運ぶ廻船に、安房屋の見世の者として乗りこむ。時吉は番頭、おちよはじきじきにあきないに出るおかみという役どころだ。

おかみが銚子くんだりまで商談に行くのはいささか不自然だが、なにぶん「入り鉄砲に出女《でおんな》」は警戒される。中川の御番所を通るためには、そういった方便も必要だった。

新蔵の進言で、笠も安房屋の名入りのものを使った。時吉の半合羽の背にも、大きく「竜閑町醤油酢問屋　安房屋」と記されている。おかげで、廻船の船頭からも格別に怪しまれたりはしなかった。

そういった策が功を奏し、首尾よく中川の御番所を通り抜けた。

「ほっとしたら、急におなかが空いてきたわね」

おちよが小声で言った。

「なら、ここいらで師匠の餞弁当を食べるか」

「うん、いただきましょう」

心地いい川風を感じながら、二人は並んで弁当を食べることにした。

海のものは使わず、山と畑のものだけでという言葉どおり、玉子を除けば生《しょう》のものはいっさい使われていなかった。

「目に鮮やかだね」

折詰の蓋を開けた時吉は、二、三度瞬きをした。

「ああ見えて、意外に華やかな料理もつくったりするからね、おとっつぁん」

「実の料理と、華の料理。どちらも肝心だと師匠からは教わった」

時吉はそう言って、まず飯を口中に投じた。

と言っても、白飯ではない。

稲荷寿司だ。

ただし、油揚げのほうが平凡に並んでいるのではない。蓋を開けると、それぞれに彩りの違う飯のほうがまず目に飛びこんでくるという趣向になっていた。

青紫蘇がある、白胡麻がある、ぜんまいがある。

まず目で楽しみ、しかるのちに味を楽しむことができる。

「あっ、これはほんのりと柚子の香りもする」

白胡麻稲荷を食したおちよが言った。

「あとからふっと香りが伝わってくるのも、師匠の得意技だ」

「初めから『どうだ』と料理人の我《が》を押しつけちゃいけねえ」

おちよが声色《こわいろ》を使った。

そのとおりだった。

さりげなく、驚かせる。

余り物でつくった餞弁当にも、心憎いまでの演出が施されていた。

「これだけ寿司飯じゃないんだね」

稲荷寿司だけでも、驚きはもう一つあった。

「なんだか妙なご飯だと思ったら、これってお蕎麦？」

「そうだ。茹でて水で締めてから、細かく切って合わせ酢をまわしかけ、味がなじんだものを油揚げに詰めてある」

「そんな手間のかかることを……」

「すべて蕎麦寿司だったら、ことによると飽きがくるかもしれないが、これだと嚙み味と舌ざわりが違ってくるから」

「考えたもんね。だし巻きもおいしそうだけど」

おちよは具をつまんだ。

「のし梅が、なんともいい彩りだな」

時吉は感に堪えたように言った。

のし梅は花びらの形にくりぬいてある。だし巻きはいい色合いの黄色だ。岸辺にたまさか梅の花が見えるくらいで、菜の花にも桜にもまだ早い時分だが、餞弁当の中はもう春の盛りだった。

「味もほんわかしてる……おいしい」

「これが、あの怖そうな師匠の味なんだねえ」

「笑うと目尻にしわが寄ったときの味かもね」

「なるほど」

「ところで、瓢《ふくべ》の形に整えてあるのは、何の謎かけかしら」

　おちよが首をかしげた。

　まだ玉子が熱いうちに、巻き簀で形を整えていく。指の加減で要領よくくぼみをつくれば、瓢のかたちになる。

「瓢は酒や水を入れるものだ。食べるものばかりじゃなく、旅には飲み物も欠かせない。かといって、荷になるものを持たせるわけにはいかないから、代わりにこのだし巻きの瓢を、という親心じゃないかな」

　時吉がそう判じると、いま食べているだし巻きの味が変わったのかどうか、おちよはにわかにあいまいな顔つきになった。

　そういう目で改めてみると、ほかにも心のこもった判じ物が潜んでいそうだった。

　稲荷寿司は行く先々の稲荷から御加護があるようにとの願いがこめられている。ひと足早い春景色には、このころには無事戻ってこいよ、という思いが表わされているような気がしてならなかった。

「ありがたいね」

おちよがぽつりと言った。

「ああ……ありがたい」

時吉にはもう親はない。故郷も遠い。

餞弁当を食べ終えた時吉は、日の光を弾きながらさざめく川の水にちらりと目をやると、どこへともなく両手を合わせた。

その後は折にふれて休み、船宿などで泊まりながら、時吉とおちよは銚子を目指した。

関宿《せきやど》の川関所も、棒出《ぼうだし》と呼ばれる船の難所も切り抜け、いよいよ利根川に入った。ここまでは竿《さお》や艪《ろ》で水にあらがって進んでいたし、向かい風もきつかったから、じれったくなるほどはかがいかなかったが、ようやく河口へ向かう水の流れを得て船に勢いがついた。

こうして、江戸を逃れたのどか屋の二人は、目指す銚子に着いた。

四

　ミツカサという屋号を持つ神村屋《かみむらや》の場所は、人に聞けば苦もなく分かった。銚子では五指に入る醬油の醸造元だ。代々が神村屋重右衛門《じゆうえもん》を名乗る由緒ある家で、カサを三つ重ねた屋号を染め抜いたのれんにも風格が漂っていた。

　時吉が番頭に安房屋からの書状を渡し、しばらく夫婦でここに逗留させてほしいという旨を告げた。

　ことによると追っ手が嗅ぎ回るかもしれないから、料理人であることは隠すことにした。安房屋の先代からのなじみだが、いささか気鬱に陥ってしまったため、当分のあいだ銚子の風物に触れて保養をしたい――そんな話をつくっておいた。

「しばらくお待ちくださいまし」

　番頭がそう言って下がってから、控えの座敷でずいぶん待たされた。

　手代がいやに渋い茶を運んできただけで、主人が現れる気配はない。

「ほんとに泊めてくれるかしら」

　おちよが不安げに言った。

「安房屋さんにご迷惑をおかけするから、申し訳ないんだが」

「そうね。もしお世話になるとしても、安房屋さんに宿代を払っていただくようなものだし」

「江戸に戻ったら、その分、安房屋さんを招いて歓待するよ」

「こちらから何かお届けしたほうが」

「そうだな。見世じゅうの人に行き渡るように」

そんな相談をしながら、時吉とおちよはあるじが現れるのを待っていた。

恋しくなるだけだから、江戸の話はなるたけしないようにした。猫たちのことが案じられるが、岩本町は人情の町だ。ちゃんと世話をして、かわいがってくれているだろう。

「遅いわね」

おちよが小声で言った。

「だしぬけに現れたんだから、無理も言えないさ」

「それはそうだけど……ひょっとして、そんな余裕はなかったりして」

「と言うと?」

「銚子のお醬油屋さんはたんとあるでしょう?　なかには左前のところもあるって小

耳に挟んだことがあるから」

「たしかに、ヒゲタなどに比べたら羽振りは良くないと思うがね」

ヒゲタは田中玄蕃《たなかげんば》の商標だ。地主だった田中玄蕃は、もともと自家用だった醬油を広くあきなって大きな成功を収めた。醬油にちなみ、紫大尽と呼ばれたほどの羽振りの良さだった。

ミツカサの醬油も品はいい。のどか屋でも重宝《ちょうほう》している。だが、品の良さだけではあきないは立ち行かない。まだ来たばかりだが、神村屋にはいくぶん陰のようなものがあるように感じられた。

ややあって、ようやくあるじが姿を現した。

そればかりではない。おかみも付き従っていた。

「すると……安房屋さんの得意筋ってわけじゃないのね」

おかみがそう言って、前髪に挿《さ》した鼈甲《べっこう》の櫛《くし》にちらりと手をやった。

「え、ええ、先代からお世話になっていた者ですが」

方便の嘘が得手ではない時吉は、ややあいまいな口調で答えた。

「気鬱になったと書いてあるけど、仕事は何です？」

顔立ちは整っているが、険のある気の強そうなおかみがたずねた。

あるじの重右衛門のほうはいささか影が薄かった。木綿の着物に平絎《ひらぐけ》の帯、屋号が染め抜かれた紺の前掛けをつけている。使用人かと見まがうほどのいで立ちだ。血色がよければ先頭に立ってあきないの指示を飛ばす男っぷりに映るだろうが、顔色が悪い金壺眼《かなつぼまなこ》だから、ずいぶんと貧相に見えた。

「包丁で……」

「こ、コホン」

おちよが咳払いをした。

「人でも刺すの？」

「とんでもない。包丁を……あきなっておりました」

「それで、気鬱になって、江戸から銚子へうちを頼ってきたってわけね。どう思う？あんた」

見るからに、おかみはあるじを尻に敷いていた。

後でうわさを聞けば、いろいろと子細があって江戸から神村屋に嫁に来たおかみは、田舎で醤油をつくっている亭主をはじめとする者たちを見下《みくだ》しているらしい。そのせいで、神村屋の意気は揚がらず、せっかく品はいいのに身代も傾き気味だということだった。

「どったげおるか分がらんけど……」

「あんた、あるじなんだから、江戸の言葉でしゃべりなさい。みっともない」

おかみはぴしゃりと言った。

「どれだけおられっか、分からねえが、ミツカサを頼ってこられたお人だ。安房屋にも、これまで世話になっとる。治るまで、ここにおられたらええ」

ぎくしゃくした口調で、あるじはそう告げた。

冴えない風采だが、根はお人よしだとすぐに分かった。

「あんたがそんな調子だから、ここんとこぱっとしないのよ」

おかみは容赦がなかった。

時吉とおちよのほうを見て続ける。

「うちとしても、安房屋さんとの取引の件がありますからお泊めしたいのはやまやまなんです。いえ、もちろんお泊めすることはできるんですけどねえ……その、万が一、面倒なことにでも巻きこまれたらと思いますとねえ」

何か臭いを察したのか、おかみはそう言うと、時吉の人相風体《ふうてい》をもう一度しげしげと見た。

「こちらにご迷惑をおかけすることは、おそらくなかろうかと……」

「おそらく、ということは、何か江戸で引っかかりでも？」

おかみの目つきが鋭くなった。

「いえ、べつにそういうことではないのですが……役人がいずれ探しにくるかもしれません」

時吉は安東を念頭に置いて、包み隠さず言っておいたのだが、それを聞いておかみの態度はなおかたくなになった。

「役人ですって？　そんなお役人に追われてる人をかくまうわけにはいきませんよ。うちのほうまで、とばっちりを受けたら大変だから」

「追われているわけではないのです。その……何と言うか」

嘘が不得手な時吉は、にわかに言葉に詰まってしまった。

「うちの人のお兄さんなんです、そのお役人は」

見かねたおちよが助け舟を出した。

「しばらくこちらにご厄介になると言ってあるので、いつになるかは分からないのですが、訪ねてくることもあろうかと」

「どういう役人です？」

おかみはうさん臭そうな目で見た。

「あの……諸国を見回るお役目で」

「ひょっとして、八州様《はっしゅうさま》？」

八州様とは八州廻り、関《かん》八州を巡回して悪者を引っ捕らえるお役目だ。

「ええ、実を言いますと」

「あんた、どう思う？」

おかみはあるじの顔を見た。

「八州様の弟様なら、そりゃお泊め申さねば……」

「そういう料簡だから、ヒゲタやヤマサの足元にも寄れないのよ。あんた、頭はどこについてるの」

「はあ、ここに……」

おかみの言葉がいっそうとげとげしくなる。

あるじは冴えない形の髷に手をやった。

「ちょっと知恵を巡らせれば分かるはずよ、話がおかしいって」

「どこがおがしいのがあ？」

あるじはまたなまりをむき出してたずねた。

「おかしいに決まってるじゃない。お兄さんが泣く子も黙る八州廻りなのに、どうしてこの人は包丁なんか売ってるの？」

おかみはあごをしゃくった。

嫌な雲行きになってきた。取り繕おうとした嘘がすべて裏目に出てしまったような按配だ。

「それは……少しばかりいきさつがありまして」

と、時吉。

「どんないきさつなのよ」

「この人、若いころは博打《ばくち》に入れこんで、家を勘当《かんどう》されてしまったんです。そんなわけで、お兄さんが八州様なのに包丁売りのあきないを」

おちよは苦しい言い訳をした。

「なら、あきないの品を見せてもらおうかしらね」

険のあるおかみは、次々に責めの手を思いついた。

包丁は料理人のたましいだ。いずれ浜でも修業をするため、各種のものを持ってきたが、むろんそれは売り物ではない。手になじんだものは金に換えられない。

「あきないのためではなく、気鬱の療治のために……」

「それなら、ほかにいい旅籠《はたご》を紹介してさしあげましょう。うちなんかにいても治りゃしません。もっと気鬱になってしまいますよ」

　おかみの肚《はら》はもう決まったようだ。

　無理もない。怪しげな者を泊めて、下手な関わりを持ちたくないという気持ちもよく分かった。

「そうですか。なら、おいとましましょう、おまえさん」

　おちよがかたい表情で言った。

　このおかみとおちよが合わないことはすぐ察しがついた。

　時吉も肚《はら》をかためた。

「そうだな。……だしぬけにお訪ねして、ご無礼をいたしました。宿はわれわれで探します」

「まあ、それは大儀でしょう。旅籠には声をかけさせていただきますよ」

　おかみは急に愛想がよくなった。

「いや、それには及びませんので」

　おちよは一刻も早く神村屋から立ち去りたい様子だった。

　時吉も腰を上げた。

「お役に立てませんで……また来らっせ、まあ」

あるじが要領を得ないことを口走る。

「ほんとにまあ、せっかくの安房屋さんの口利きでいらしたのに、申し訳ないことで。なにとぞ安房屋さんに、よしなにお伝えくださいましな」

問屋との取引がにわかに心配になったのか、おかみはなおも見送るまでわびの言葉を並べていたが、時吉もおちよもろくに聞いていなかった。

ようやく銚子に着いた二人だが、こうしてたちまち行き場をなくしてしまった。


「あのおかみ、見世に来たんだったら、塩をまいてたとこだわ」

おちよはまだ顔に怒りの色を浮かべていた。

「すまない。もうちょっとうまい嘘をつけばよかった」

「仕方ないよ。あんな家にずっといたら、息が詰まって干物になっちゃう」

少し遠くなった神村屋の蔵のほうを指さして、おちよが言った。

「旅籠を探すにしても、あんまり遠くへ行ったら安東様が探しづらかろう」

「そうね。外川《とがわ》あたりまで行ったりしたら」

「外川はこのところ羽振りが芳《かんば》しくないと聞いた」

利根川の河口の港町・銚子から、太平洋に面した外川に至るには、かなりの道のりになる。もし例の一件にかたがついて、安東が知らせに来ても、外川まで足を延ばしてしまったら見つけられないかもしれない。

それに、かつては「外川千軒大繁盛」と称され、干鰯《ほしか》づくりで大いに栄えた町も、不漁続きで寂れているというもっぱらのうわさだった。

「ほんとは、のどか屋ののれんを出してればいいんだけど」

おちよは商家ののれんをちらりと指さした。

日は早くも西に傾きはじめた。このところの船旅で、難儀な場所で寝ることには慣れたが、今日は泊まるあてすらない。

「うまい具合に、料理人の口があればいいんだがね。安東様はまずそのあたりを探すだろうから」

「江戸から来た料理人の料理が評判になれば、さては、と当たりがつくものね」

「そもそも、長逗留になれば、かせがなければ食っていけない」

「住み込みで、あたしも込みで雇ってくれたら好都合なんだけど」

「ともかく、雨露がしのげれば、それでいいさ」

時吉は天を見やった。

雲がゆっくりと動いていく。群れからちぎれて、心細い沖合のほうへと流れていく雲は、どこぞかへと手を伸ばしているかたちのように見えた。

「そうね……たとえ雨が続いても、いつかは晴れる日が来るから」

おちよが笑った。

「ああ、生きてさえいれば、そのうちいい風が吹いてくる」

「生きてさえいれば……」

おうむ返しに言ったおちよが、ふと胃の腑に手をやった。

「なんだかおなかが空いてきちゃった」

「おれもだ」

「雇ってくれるところを探しがてら、どこかで食べない？」

「そうだな。土地の人に評判を聞きながら、ぶらぶらと海のほうへ歩くか」

相談がまとまった。

うまい飯屋を知らないか。とくに魚の料理がうまい見世がいい。

そうたずねると、むやみに濁音の多い土地の人々は、あれやこれやと名前を挙げてくれた。

のどか屋の二人は浜のほうへ向かった。

やがて、風の趣《おもむき》が変わった。
ふっと潮の香りが漂ってきた。

第六章　面影汁

一

折にふれて道行く人にたずねごとをしながら、時吉とおちよは歩いた。

ただし、「料理人を探している見世はないか」という問い方が怪しまれたのかどうか、はかばかしい答えは返ってこなかった。

「いきなりそこまで見つけようとするのは、ちょっと虫がよすぎるかも」

おちよが言った。

「そうだな。とりあえず、腹ごしらえだ」

「あとは宿ね」

「食う寝るところに、住むところ、か」

そんな話をしながら通りを歩いていると、横丁からがやがやとしゃべりながらひと群れの男たちが現れた。

そろいの印半纏《しるしばんてん》をまとっているから、ひと目で職人衆と分かる。

「このあたりで、うまい飯を食わせる見世を知らないか」

時吉はたずねた。

「わんらぁ（あんたら）、旅の者か？」

「江戸から来ました」

「江戸もんか」

「なら、ちょうどよがっぺ」

「おう、『はまや』でな」

職人衆はすぐあたりをつけたようだった。

「『はまや』というお見世ですね？」

おちよが愛想よく訊く。

「そうだっぺ」

「おんらぁ（おれたち）、ちょうど行ぐとごだべ」

「おんなじ江戸もんのおかみがやっどる」

「来《き》らっせ、来らっせ」

職人たちは口々にそう言ってくれた。

あとで訊くと、みな船大工だということだった。なるほど、船にゆかりの町にふさわしい。

飯沼観音《いいぬまかんのん》のほうへいくらか歩いた。正式には、飯沼山圓福寺《えんぷくじ》。千年以上の由緒を誇る古刹《こさつ》だ。神亀《じんき》五年（七二八年）、漁師の網にかかったありがたい十一面観音像を安置したのが始まりだと言われている。

「あそこだっぺや」

一人が行く手を指さした。

道がいくらか下りになり、行く手に渡し場が見えてきた。それとはいくらか離れたところに、ぽつんと一軒、心細そうに建っている家がある。それが「はまや」らしい。

仰々しい看板のたぐいは出ていない。のれんもいたって小ぶりで、見世の名も記されていなかった。中のほうからいい香りが漂ってこなければ、ここが飯屋だとは気づかないだろう。

ただ、それが看板の代わりなのかどうか、門口に膳が置かれていた。

使いこんだ飯膳に、丼飯と椀汁、それに焼き魚が載っている。椀の種は摘入《つみれ》と海草のようだ。

今日の膳はこれでございと、さりげなく示してあるのだろう。

時吉はそう料簡したが、いささか腑に落ちない気もした。

もしそうなら、もっと目立つところへ置けばいい。膳は猫足のついた朱か黒塗りの物でも用いれば中身が映える。見過ごされそうなところに置いても、たいした宣伝にはなるまい。

ただ、ひとたび常連がついてしまえば、これでいいのかもしれない。いたって小体《こてい》な構えだから、あえて客を呼びこむこともないのだろう。とりあえず、そう考えておいた。

「いらっしゃいまし」

のれんをくぐると、おかみが感じのいい声をかけた。

のどか屋のように檜の一枚板などはない。土間には茣蓙《ござ》が敷かれ、長床几が一つ置かれている。小上がりの座敷が申し訳程度にしつらえられているが、古い畳にはしみや焼け焦げの跡があった。

「江戸からの旅のお方だ」

「そこでばったり会うたんで、連れできだっぺ」

気のいい船大工衆が言う。

「まあ、それはそれは遠いところを。何をおつくりしましょうか」

銚子なまりのまったくないおかみがたずねた。

おちよよりいくらか年上と見受けられるが、島田くずしの髷がよく似合う、目鼻立ちのくっきりとした女だ。

「今日はずいぶんと歩いたもので、おなかが空いてしまいました。何がいい？　おまえさん」

長床几に腰を下ろしたおちよは、壁を指さした。

木の板に、すべて平仮名で料理の名が記されている。おかみが自ら書いたらしく、世辞にもうまい字ではなかった。

さしみ
さんが
たたき
かばやき
さつま

まるぼし

「日の暮れですから、刺し身などの足の早いものはお出ししていません」

おかみがいくぶん申し訳なさそうに言った。

「そうすると、これは鰯《いわし》の料理ばかりですね？」

時吉が問うた。

「これだけで分かりますか」

おかみは目をまるくした。

「うちの人、料理人なので」

おちよが言うと、土間で車座になって早くも冷や酒を呑みだした船大工衆がにわかに色めき立った。

なにぶん江戸の料理人などというものは見たことがない。どこの町で見世をやっているのか、名前は何か、看板料理は？　と矢継ぎ早に問われた。

「まあ、そんな料理人の方に、うちの料理なんかお出ししていいのかしら」

皮肉ではなく、おかみは小首をかしげた。

「なんの、『はまや』の料理はいちばんだべ」

「鰯の一皿で、飯をのっほど（いっぱい）食える」

「食わっせ、食わっせ」

船大工衆は口々に持ち上げた。

「なら、さんが焼きをお願いします」

一段落したところで、時吉は注文した。

「あたしもそれで」

「承知しました。ご飯はどうされますか？」

「じゃあ、いただきます」

「二人分で」

その後も話が途切れることはなかった。

おかみの名は、おさち。

昼間は手伝いもいるらしいが、一人で「はまや」を切り盛りしているようだった。ただし、なぜ江戸から銚子へやってきて、見世を開いているのか、そのいきさつまでは分からなかった。

さんが焼きの名のいわれには諸説がある。千葉の寒川《さんが》の漁師が始めたとする説が有力だが、定まってはいない。

まずは、鰯の身をよくたたく。このままでは臭みが残るから、味噌と生姜、それに葱《ねぎ》などを細かく刻んで加える。

これを焼く。裏と表、両面をこんがりと焼けば出来上がりだ。

山のおやきに、海のさんが。いずれも素朴な料理だが、それぞれの郷土《さと》ならではの味がする。

「お口に合いますかどうか」

おさちがさんが焼きを運んできた。

「お汁もありますが、いかがいたしましょう」

「では、いただきます」

「あたしも」

さんが焼きはいい感じに焼けていた。料理人の舌に照らせば、味噌や生姜の加減がいま一つ物足りなかったが、むろんまずいわけではなかった。不思議なことに、その足りないところが「味」になっている。

銚子の外れの粗末な見世で食べるからこそ、この味が生きてくる。飾らない料理が控えめに輝く。

思えば遠くまで来た、と時吉は思った。

いま思えば夢のようだが、御城へ駕籠で招かれ、上様の料理をおつくりした。じきじきにお言葉まで賜った。

しかし、聞いてはならぬことを聞いてしまい、命を狙われる羽目になった。心ならずものどか屋を閉め、銚子に落ち延びることになった。

そして、頼った先の神村屋からは体《てい》よく追い出され、今日のねぐらとてない。この先、水はどこまで流れていくのだろう。果たして、再び江戸の土を踏めるのだろうか。

そう思うと、さんが焼きの香ばしさと温かさがなおさら胸にしみた。

汁も来た。

味噌仕立てではない。澄まし汁だ。

あまり見たことのない海草が入っている。表に出ていた椀にも入っていたが、あとの具は摘入ではなく、麸《ふ》だった。

「ああ、磯の香りがする」

おちよがうまそうに汁をすすった。

「この海草はいい味がしますが、ここいらで獲れるものですか？」

時吉がたずねると、おさちは「よくぞ聞いてくれました」という顔つきになった。

「これは、のげのりと地元では呼んでいます」

「のげのり、ですか」

「ひのり、とも言うっぺや」

船大工の一人が教えてくれた。

「たたいた梅干しと合わせると、いいお酒の肴になります」

おさちが包丁を動かすしぐさをした。

「お湯をかけて戻してありますね」

「はい。鰹節とお醬油を交ぜると、ご飯に乗せても、お吸い物に入れても使えますので重宝です」

「それも欲しくなっちゃう」

おちよが笑った。

「おっかあが手伝ってるんだが、手間のかかる仕事だあべ、のげのりは」

船大工が教えたとおりだった。

フノリ科の海藻であるのげのりは、潮が干いたときに岩から採取する。もぎ取ったのげのりは、何度も洗いながらごみを取り除いていかなければならない。これを天日で干すと深い味になる。

さつま揚げもあるというので、それもいただくことにした。

「揚げ物はあんまり得手ではなくて、いま一つかもしれませんが」

おさちが前もって断ったように、少しぱさぱさしていて大味に感じられた。

「もう少し練りこんだほうがいいかもしれません。うまくなれ、うまくなれと念じながら、あと百くらいすりこぎを動かせば、味が違ってくるでしょう。それから……」

舌で吟味してから、時吉は告げた。

「いくらか塩が足りないようです。あとひとつまみの塩があれば、さつま揚げがぎゅっと引き締まるでしょう」

「ありがたく存じます。次からはそうします」

「そのもうちょっとの塩加減がむずかしいんですよね」

おちよが言った。

「おかみさんもお料理を?」

「ええ、料理人の娘なので。ちよ、と言います」

「そうだったんですか。じゃあ、わたしなんかよりずっと」

「とんでもない。味が大ざっぱだって、おとっつぁんからは文句ばっかり言われてましたよ」

そんな調子で、にわかに話が弾みだした。

そのうち、時吉は船大工衆から酒をすすめられた。

「まあま、ここさ来っぺや」

「来らっせ、来らっせ」

そう手招きされたからには、断るわけにはいかない。時吉も車座の中に入って、一緒に酒を呑んだ。

上等の下り酒の味に慣れた舌には、味醂を薄めたような頼りない味に思われたが、注がれるままに呑んだ。

「江戸の料理人の腕っぷしなら、いげえ（大きい）鍋だって振れっぺ」

「うんめえ焼き飯、つぐれるべ」

料理の話がいろいろ出たが、船大工衆は妙に焼き飯にこだわっていた。

「わたし、力がないもので、鍋は振れないんです」

狭い厨から、おさちが言った。

「あたしも鍋振りはあんまり」

「ほんとは焼き飯もつくれれば、余ったさつま揚げなんかを刻んで入れられるんですがねえ」

「ありゃあ、うめえもんだった」

「食べられったげ、食べられったべ」

「おらあ、ここで三杯も食っちった」

船大工衆がそう言うからには、むかしは出していたのだろう。おちよと同じく、おさちの父親も料理人で、父から「はまや」を受け継いだのかもしれない。時吉はそう察しをつけた。

「ところで、なんで銚子へ来たっぺ？」

「おお、そう言や、まだ聞いでながったっぺや」

「江戸の料理人が、なんでまた」

船大工衆が身を乗り出してきた。

「日ごろは浜から江戸へ運ばれてくる素材を料理しているわけですが、その海の幸が獲れるところを見ておくのも包丁の養いになると思いまして」

神村屋のときと同じしくじりをするまいと、時吉はうまく話をこしらえた。

「ほう、そりゃいい心がけだっぺ」

「さすがだべや」

「料理人の鑑《かがみ》ぞ」

船大工たちはたやすく信じてくれた。

「それで、できれば船にも乗ってみたいと思い立ちましてね」

ここでも「いい心がけ」と言われるかと思いきや、案に相違した。どういうわけか、船大工衆はにわかにあいまいな顔つきになってしまったのだ。

「やめとけ、料理人さん」

ややあって、棟梁なのかどうか、いちばん年かさの船大工が言った。

ちらりとおさちのほうを見てから続ける。

「だんばらが立っだりしだら、たちまち、こうよ」

手を下のほうに向ける。

水の底に沈んでしまう、というしぐさだ。

「だんばら、と言いますと？」

「ここじゃそう言うんだ。料理人さん、利根川を下ってきたっぺ」

「ええ。江戸川を上り、関宿から利根川へ入って、ずっと下ってきました」

と、時吉。

「その川の水が、どーんと海にぶつかれば、恐ろしいだんばら波になるっぺさ」

「ありゃ魔物よ」

「これまで、何人食っちったか知れねえぐらいだ」

いやに声をひそめて、船大工たちは言った。

「では、よそ者はやめたほうがいいですか」

「悪いことは言わねえべ」

「いぐら腕っこきの船頭だって、よそ者の船には乗らねえ」

「おんらぁ船大工だけどよ、いっぐら気合入れて船つぐっても、だんばらが立ったらお陀仏よ」

「南無阿弥陀仏、南無阿弥陀仏……」

船大工の一人はとうとう念仏を唱えだした。

さらに酒をすすめられたが、あまり呑めないことにしてやんわりと断り、時吉はおちよのほうへ戻った。

「丸干しの煮付けもありますが、いかがいたしましょう」

おさちがたずねる。

「あるものは、なんでもいただきましょう」

「あたしもちょっとだけ」

「はい」

いそいそと支度を始めたおかみに向かって、もうずいぶん酔いが回ってきた常連たちは、「いつ見てもいい尻だっぺ」などとあけすけな言葉をかけはじめた。

「はいはい、目が悪くなったのね」

などと適当に答えながら、笑顔を絶やさずさらりといなしていくのは、さすがに大《おお》
年増《どしま》の貫禄だった。

「ときに、儀助《ぎすけ》さんは、今日はまんだ?」

船大工の一人が問うた。

「昨日見えたので、今日は来られないと思いますよ」

「なんの、立て続けに来てだときもあっだっぺ」

「名主筋の物持ちなんだから、うんと言ってもよかっぺよ」

「われよぉ（おまえなあ）、ちいとおかみのここを考えておぐんな」

年かさの船大工は、胸に手をやった。

「はあ、すまんな」

「なんの」

おさちは笑顔を見せたが、前よりは表情に陰りがあった。

何かいきさつがあるようだが、まだはっきりと見えてこない。かといって、初めて
きた客がぶしつけに問うべきことではないように思われた。

「お待たせしました」

おさちは鰯の丸干しの煮付けを差し出した。

盛られているのは、何の変哲もない素焼きの皿だ。端のほうがいくらか欠けている。

獲れた鰯をていねいに洗ってから塩水に浸し、天日でほどよく干す。これを地元の醤油で煮付けにした、いかにも銚子ならではの料理だった。

しかし、野趣《やしゅ》には富んでいるが、粗《あら》もあった。

「何か足りませんでしょうか」

時吉とおちよの顔つきを見て、いち早く察したおさちがたずねた。

「梅干しは入れていますか？」

時吉が問うと、おさちは驚いたような顔つきになった。

「梅干しを入れるんですか？」

「ええ。そうすると、味がびっくりするほどまろやかになりますよ」

「何個入れるんでしょう」

「一個で十分です」

「一個で」

「たったそれだけで、骨まで軟らかくなります」

「うちでもときどき出すんですけど、ほんとにおいしいですよ」

と、おちよ。

「ありがたく存じます。さっそく、明日にでも試してみます」

おさちはそう言って頭を下げた。

「江戸仕込みの料理だべ」

「箔《はく》がついたど」

「今度、食うのが楽しみだっぺ」

船大工衆が口々に言う。

そのうち、おちよが手枕のしぐさをした。

時吉はそれと察してたずねた。

「ときに、おかみ。今夜の宿がまだ決まっていないんです」

「まあ、それは」

おさちが洗い物の手を止めた。

「ちょいと手違いがありましてね。泊まるあてをしていたところに泊まれなくなっちゃったんですよ」

おちよが言い添えた。

「宿なら、観音様のまわりにいろいろあるっぺや」

「ごじゃごじゃしでっから、分がりにぐいがよ」

船大工衆はすぐさま話に乗ってきた。

「なら、あとでそちらのほうを探しましょう」

「んだが、銭を取られるべ」

「もったいねえ話だがよ」

「しゃあんめえ（仕方ないだろう）、旅のお人なんだがら」

「それに、やんらぁ（あの人たち）、宿屋で食ってるべや」

「あの……」

飯沼観音のまわりで宿を探すという話でまとまりかけたとき、おさちがおずおずと話の輪に加わった。

「もしよろしければ、ここか、裏手の納屋にお泊まりになればいかがでしょう」

おさちはそう申し出てくれた。

「よろしいんですか？」

「ええ、一人だと、ときには心細くなってしまうもので」

「では、おまえさん」

おちよはすぐ乗ってきた。

「なら、お言葉に甘えて、今夜はここに泊まらせていただきます」

時吉は言った。

「そりゃあ、いがった」

「宿を探す手間がいらねえべ」

「考えてみりゃ、それがいちばんだっぺ」

船大工衆もそう言ってくれた。

船づくりの仕事は明日もある。ここで遅くまで呑んで、酔いつぶれてしまうわけにはいかない。

外が暮れきる前に、船大工衆は腰を上げ、家路に就いていった。

「はまや」の客は、時吉とおちよだけになった。

二

「そういうことだったんですか……」

おさちはお茶の湯呑みを茣蓙の上に置いた。

のれんをしまったあと、宿代がわりにと二人で片付け物を手伝ったから、すぐ始末がついた。寝るにはまだ早いし、聞きたいこともある。「はまや」の中で、もう少し語り明かすことにした。

酒もすすめられたけれども、申し訳ないが口に合わなかったのでお茶にした。おさちは小上がりの座敷に布団を敷いて寝るらしいから、ともに茣蓙を敷いた土間に下りた。

江戸から包丁の養いのために来たという話を、おさちは鵜呑みにしていなかった。その様子が分かったので、時吉とおちよは包み隠さずいままでのいきさつを伝えた。むろん、隠さねばならないことは隠したが、頼ってきた神村屋から体よく追い出されてしまったことはそのまま告げた。

「変な人と関わり合いになりたくないっていう気持ちは、分からないでもないんですがねえ」

おちよはまだ少し不満そうだった。

「あそこのおかみさんは、あんまり評判がよくないんです」

「そりゃそうでしょう」

「でも、かわいそうなところもあるんですよ。くわしいことまでは知らないんですが、借金のカタみたいな感じで神村屋に嫁に来たもので、あるじを尻に敷いてがみがみ言ってるんだとか」

「売り物の醤油はいいものをつくってるんですがね」

と、時吉。

「ええ。でも、だんだん職人が年を取ってきて、若い人はあのおかみさんだから長続きせず、ミツカサも長くないって地元では言われてますよ」

よそ者の二人に、おさちは腹蔵《ふくぞう》なく告げた。

「ところで……」

時吉は気になっていたことをたずねてみた。

「表にお膳が出ていましたが、あれは献立を示すために置いてあったんでしょうか」

「あたしも気になってたの。お椀に摘入汁が入ってました」

「あの膳は……」

おさちはいままで見せたことのない表情になった。

その陰った顔で、表のほうを見る。

まだ膳は出しっ放しになっていた。それだけが片付けられていなかった。

日が落ちると、風が出てきた。

川波と海がぶつかり合うあたりから、潮の香りがわずかに交じる風が吹いてくる。

「あれは、献立ではありません。もちろん、同じものをお客さんにお出しするときもあるんですが、表の膳に載っているものはいつも同じです」

おさちが言った。

と、おちよ。

「摘入が入ったお汁ですね」

「ええ、あとはのげのりなどを入れます。季節によって具は少し変わりますが」

「澄まし汁で」

「そうです、師匠」

「いつのまにか師匠に」

時吉は笑った。

「だって、こちらは教わるほうですから。なにぶん素人で」

「すると、この『はまや』という見世は……」

父親から受け継いだのかと思っていたのだが、違うようだ。

「夫婦で、やっておりました」

息を一つ入れてから、おさちは言った。

「あの人が帰ってくるまで、わたしが見世を守る……そのつもりで、一年あまり、やってきました」

「どこかへ……いらっしゃったんですか？」

話の道筋がぼんやりと見えてきた。いくぶん声を落として時吉はたずねた。

「師匠と同じように、包丁の養いのために遠くへ出かけた、と思うようにしています」

「では、本当は……」

おちよにも道の行く手が見えたようだ。そこはおぼろげに陰っていた。

「あの汁は、亭主の好物で、得意料理でもありました」

おさちは表に出ていた膳の謎を解きはじめた。

「鰯の摘入汁ですね？」

「はい。鰯のすり身にお味噌と生姜を乗せ、包丁でとんとんとたたいて、よく混ぜ合わせていきます」

「そこに何か加えますか？」

「師匠は？」

逆に問い返された。

「のどか屋では、長葱のみじん切りと片栗粉を入れます」

「うちは片栗粉と、海の草を何か入れます」

「そして、手で丸めていくわけですね？」

「ええ。『たましいをこめろ』『たましいのかたちにしろ』と、亭主の卯一《ういち》は口癖のように言っておりました」

「『たましいのかたちにしろ』と」

時吉が摘入団子をつくるしぐさをしながら言った。

「たしかに、まるいから、たましいのかたちに見えるかも」

おちよが得心顔になる。

「思いをこめて、ほとんど毎日つくっています。表に好物の膳を出しておけば、あの人が帰ってくるんじゃないかと思って」

「すると、ご亭主は……」

ゆっくりとうなずくと、おさちはこう告げた。

「海でゆくえ知れずになって、もう一年あまり経ちます」

三

卯一《ういち》は魚を扱う棒手振《ぼてふ》りだった。

河岸《かし》で仕入れた魚を半台《はんだい》に入れ、天秤棒をかついで早足で売り歩く姿はなかなかにいなせだった。

ことに卯一は魚のさばきまでやってくれた。包丁さばきは鮮やかで、売り声はよく通る。おまけに役者にしたいような男っぷりだ。卯一に惚れた娘は一人や二人ではなかったが、評判の小町娘だったおさちが首尾よく縁の糸をたぐり寄せた。

こうして所帯を持った二人だが、その後は難儀が続いた。

卯一とおさちの行く手をたびたび阻《はば》んだものがあった。

火だ。

「うちも去年、焼け出されたんです」

おちよが言った。

「そうだったんですか。ずいぶんと火が出ましたものねえ」

「でも、江戸に住んでいれば、火事に見舞われるのは仕方ないですから」

「あの人もそう言ってました。火が出たほうが仕事ができて助かる者もいる。そういった連中が火付けをしたりするから、火事はなくならないんだって」

「そういううわさもありますね。どこまで本当かはわかりませんが」

と、時吉。

「いずれにしても、行く先々で火事があって、命からがら焼け出されることの繰り返しでした」

「それでまた、お魚の棒手振りでやり直してたんですね」

「そうです。あの人は働き者だし、どの町へ行ってもすぐなじみました」

「うちなんか、まだ一回だけなので」

「でも、お見世を焼かれるのはまた違うでしょう。うちは天秤棒があればやっていけるあきないでしたから。それでも、二人だけ焼け出されるのならよかったんですけど
……」

それまではわりと淡々と語っていたおさちの顔が、にわかに曇った。

言葉が途切れると、風の音が響く。屋根の板を鳴らして、海風が吹き過ぎていく。

「と言いますと？」

おちよが先をうながした。

「そのうち、ややこができました。男の子でした」

おめでたい話なのに、おさちの表情は晴れなかった。

「幸吉《こうきち》と名付けたややこは大事に育てました。そして、もうじき二つになろうかというある晩に、また火が出たのです。ずいぶんと早い火の回りでした」

時吉とおちよは口をはさまなかった。何とも言えない目で、お互いの顔を見ただけだった。

「亭主はあわててわが子を背負い、崩れ落ちる長屋から逃げました。『早く逃げろ』と言われたので、わたしは必死に走りました。うしろで幸吉の泣き叫ぶ声が聞こえていました。ですが……やっと無事なところまで来た、ここまで来れば大丈夫だと思ってふと気づいたら、あの子の声が聞こえません。うしろを見て、『あんた』と声をかけたら、あの人も初めて気づきました。あわてて下ろしてみると、幸吉はもう息をしていなかったんです」

「…………」

「それから、ほおを張ったり、名を呼んだり、水をかけたり、二人してなんとか息を吹き返させようとしたんですが……無駄でした。煙で息が詰まったのか、火傷《やけど》もしていましたので、心の臓に障りが出たのか、実のところは分かりません。とにかく、初めて授かった大事な子供を、わたしたちは火事で亡くしてしまったんです」

「それは……愁傷《しゅうしょう》なことでした」

時吉はどうにかそれだけ告げた。

「何と言っていいものやら……」

おちよが指で目元をぬぐう。

「幸吉の初七日が終わると、わたしたちは焼け残った町の長屋を借りて移り住みました。でも、家の中は提灯の灯りがみんな消えてしまったような按配でした。家でじっとしていても悲しいだけなので、あの人はまた魚の棒手振りに出かけました。でも、いつも何とも言えない顔で帰ってきました」

ぬるくなったお茶をすすると、おさちは続けた。

「棒手振りはいろんな町を流して御用をうかがいます。行く先々に、わらべがいます。同じ年頃の子がみんな幸吉に見える。亭主はそう言って嘆いていました。遊んでいる子、泣いている子。どの子もどの子も、幸吉に見える。そのうち、目に映るものがだんだんぼやけてくるから、なおさらわが子に見えて仕方がない。幸吉は死んだ、と頭では分かっていても、心のどこかが『そんなはずはない』と言っている。この世にいるはずのないあの子を探している。あの人だけじゃない。わたしもそうでした。みんな幸吉に見えてしまうんです」

　おちよはうなずいた。

　どの子も死んだ子に見える――その気持ちは身にしみて分かった。

　去年の大火のあと、同じ柄《がら》の猫を見かけるたびに、はぐれてしまったのどかに見えたものだ。

　ましてや、腹を痛めて産んだわが子だ。わらべを見かけるたびに死んだ子の面影を見てしまうつらさはいかばかりかと思うと、なおさら胸が詰まった。

「亭主もわたしも気鬱っぽくなってしまって、いくたびか夫婦喧嘩もしました。酔って手をあげられたこともあります。これではいけない、泥沼から抜け出せなくなってしまう。そう思った亭主は、江戸を出る肚《はら》を固めました。江戸にいるかぎり、どの町に住んでいても火事の恐れがつきまといます。いつ何時《なんどき》、半鐘が鳴り響いて、また焼け出されるかもしれない……そう思うと、心安らかには過ごせません」

「あたしもそうでした。半鐘の音を聞いただけで、心の臓がどきどきして」

「江戸の華なんて言われるけど、とんでもない。火事は人の命を奪い、縁《えにし》の糸を断ってしまいますから」

　時吉は言った。

「本当にそのとおりです。幸吉の悲しい思い出がつきまとう江戸の町を離れて一からやり直そうという気持ちは、あの人もわたしも同じでした。それに、亭主は前々から、魚をその手で獲ってさばいて売りたいという願いを持っていました。河岸で仕入れてくるんじゃなくて、いちばん活きのいい魚を扱いたいと」

「うちの人と同じですね」

と、おちよ。

「魚をさばいていると、どうしたってそういう心持ちになってくるんです」

時吉には卯一の気持ちがよく分かった。

「それで、思い切って江戸を離れて、漁が盛んなこの銚子へやってきました。ですが、いきなりよそ者が来て、勝手に網を引くわけにはいきません。浜には浜のしきたりがありますから」

「それはそうでしょうね。代々受け継がれてきたものがありますから」

「ええ。そんなわけで、船には乗れず、亭主もわたしもお情けの下働きをしていました。ここは干物づくりも盛んですから、鰯の味醂干しなどを教わったとおりにつくったりしていたんです」

「住むところは？」

おちよが訊く。

「海辺の小屋を按配してもらいました。干物臭くて、きつい風が吹いたら根こそぎ持っていかれそうな小屋でしたけど、『雨露がしのげるだけで御《おん》の字だ。ここからやり直すんだ』とあの人は口癖のように言ってました」

時吉とおちよは顔を見合わせた。

同じことを思い出していた。去年の大火のあと、二人は炊き出しの屋台を引いた。見世は焼けてしまったが、これがのどか屋だと思って、屋台を引く手に力をこめて歩いたものだ。

「そのうち、浜仕事の賄《まかな》い料理をやらせてもらえるようになりました。亭主の包丁さばきは魚の棒手振りで長年鍛えてきましたから、浜の人たちも舌を巻くほどでした。わたしも汁をつくったり、ご飯を炊いたり、漁師さんにいろいろとふるまいをしていました」

「それが『はまや』につながったんですね？」

「ええ。そうこうしているうちに、見世をやらないかというありがたい声がかかりました。ちょうど空き家になっているところがあるというので、口を利いてもらったのがここなんです」

おさちは小上がりの座敷を指さした。

「干物小屋に比べたら、極楽ですよね」

おちよがやっと笑みを浮かべた。

「ほんとに。亭主もわたしもとっても喜んで、夜がまだ明けないうちから働きました。それまでずいぶんと下働きに精を出していたおかげで、浜の人たちも喜んでくれて、ただで魚をくれたりしました」

「人情ですね」

と、時吉。

「情に厚い土地柄ですから。初めはよそ者扱いでしたが、人柄が分かってくると、なにくれと世話を焼いてくれます。『はまや』の客はだんだんに増えてきました。棒手振りで鍛えた腕っぷしで鍋を振ってつくる焼き飯などは、毎日通って食べてくれるお客さんもいました」

「浜に根づいてきたわけですね」

「ええ、ありがたいことです。ところが……」

おさちはそこで言葉を切った。

風の音がそこはかとなく変わった。

だれかが遠くて哭《な》いている。

そんな趣の音だ。

「見世がうまく回りだした亭主は、初めからの望みを叶えようとしました。船に乗って、わが手で獲った魚をさばいて『はまや』で出そうとしたんです。船主さんも漁師さんたちも、うちの常連さんになってくれていました。漁師は朝早くから海に出て仕事をして、早くしまいます。網の繕いや干物づくりなどがないときは、昼から『はまや』で飲み食いをしてくれます。うちの人もすっかり溶けこんで、ひとかどの顔になりました。その頼みですから、無下《むげ》に断られる気遣いはありませんでした」

おさちはまた憂い顔になった。

遠くで猫がないている。のどかとやまとは達者でいるか、猫の声を聞くたびに気がかりになる。

「毎日ではありませんが、亭主は船に乗せてもらえるようになりました。幸吉のことは、もちろん一日たりとも忘れたことはありませんでした。陰膳《かげぜん》をして、両手を合わせて拝んでいました。せめて夢の中でも、姿を見せておくれ。まだちゃんと物が言えないうちにかわいそうなことをしてしまったけれど、夢に出て、『おっかさん』と呼んでおくれ。あの世はどんなところなのか、行ったことがないから分からないけど、このお膳を食べにきて、せめてあの世では大きく育っておくれと……そんなことを毎日願っていました。亭主もそれは同じだったと思います」

おさちの言葉に、おちよはゆっくりとうなずいた。

「ですが、一時《いっとき》の気鬱はなくなりました。銚子では鰹の一本釣りもやっています。まだやらせてはもらえないけど、そのうち初鰹を獲って『はまや』で出すんだと意気込んでいました。そんなあの人が……」

「ゆくえ知れずになってしまったと」

「ええ、船ごと」

「船ごと、ですか」

「利根川の河口には千人塚があります。難破してそのままになっている船も目立ちます。それほどの難所なんだから、漁師さんに任せて、あんたは陸《おか》で包丁をふるっていておくれとなんべんも言ったんですが、亭主はこればっかりは聞く耳を持ってくれませんでした」

「一度、漁の味を覚えてしまうと、病みつきになってしまうんですね」

おちよはそう言って、釘を刺すように時吉の顔を見た。

「そうなんです。海で怖い目に遭ったら考えも変わるかと思っていたんですが、いちばん悪いことに……」

「例の、だんばら波ですか」

時吉が問うた。

「いえ、亭主の乗った船はもっと沖に出ていたみたいです。川と海がぶつかるところにだんばら波が立つところは魔所で、船が出るにしても入るにしても大変だと言われています。ですが、そことはまったく関わりのないところで、あの人の乗った船は消えてしまったんです」

「折あしく、あらしに巻きこまれてしまったとか……」

「いえ」

おちよの言葉を、おさちはただちにさえぎった。

「その日は、とてもよく晴れた穏やかな日和でした。風もあんまりありませんでした。船頭さんも乗り手も、まさか船が難儀な目に遭うとは思わなかったでしょう。でも、わたしはなんだか胸騒ぎがして、幸吉に胸のうちで語りかけていました。『おとっつあんを守ってね、頼むね』って」

「どうして船は流されてしまったんでしょう」

時吉は首をひねった。

「銚子のあたりで恐ろしいのは、だんばら波だけじゃありません。海がそれまで穏やかでも、沖のほうから白波が襲ってくることもあるんだそうです」

「沖のほうから……」

「漁師さんから聞きました。そんな波が見えたら、逆に沖のほうへ逃げなければいけない、と。浜のほうへ戻ろうとしたら駄目だ。沖へ逃げるんだ、と」

「どうして浜へ戻っちゃいけないんです？」

おちよがややけげんそうにたずねた。

「波がだんだん高くなってくるからです。しまいには壁みたいになって、船ごと呑みこまれてしまうと言われています」

おさちの顔の憂いの色が濃くなった。

「でも、逆に沖へ逃げすぎて流されてしまったということも考えられないでしょうか。沖には強い潮の流れがあるはず。それに乗ってしまったら、船頭さんの力ではもうどうしようもなくなるでしょう」

「ええ……それに望みをかけているんです。船ごと沈んだんじゃない。遠くまで流されただけだと」

おさちは自らに言い聞かせるように言った。

「ですから、あの人はいま、遠い外つ国《とくに》で暮らしているんだと思うようにしました。潮の流れもあるので、帰るに帰れないんです。でも、そのうちもっと大きな船の按配がついたら、いつかきっと銚子に戻ってくる。そう信じて、毎日あの人の好物を……」

「それが、見世先に出ていたお膳だったんですね」

と、おちよ。

「そうです。食べ物の匂いが遠いところまで届くはずはないけれど、わたしにはそんなことしかできません。あの人が好きだった料理をつくって、無事を祈ることしかできないんです」

「鰯の摘入汁がお好きだったんですね、卯一さんは」

時吉がたずねた。

「はい。得意料理でもありました。『摘入はこうやって、たましいのかたちに丸めるんだ』と言って、よく手本を見せてくれたものです」

「たましいのかたちに……」

「ええ、気持ちをこめて、手をこんなふうに動かして」

おさちは摘入を丸めるしぐさをした。

「そうやってつくった摘入汁を椀によそってながめていると、光のかげんによっては、わたしの顔がぼんやりと汁に映ります。その顔が、だんだんあの人の顔のように見えてきて……」

「面影が、立つんですね」

息を含む声で、おちよは言った。

「そうです。ここにはいない、遠くへ行ってしまった人の面影が。それに……」

おさちはやや遠い目つきになった。

「それに？」

おちよが先をうながす。

「あの摘入を食べると、夢によく出てくるんです、あの人が。『明日、帰《けえ》るから』って、夢の中で言うんです。でも、いっぺんだって、帰ってきたためしはないんですけどね」

おさちはそう言って、寂しそうに笑った。

「幸吉もよく夢に出てきます。亭主と一緒に出てくることが多いです。『大きくなった、大きくなった』と言って、肩ぐるまをしてやったりしています。あの子はもう死なせてしまいましたから、帰ってはこられないところにいます。だから、夢の中であの人と一緒にいると、ああ、やっぱり駄目なのか、幸吉と同じところへ行ってしまって、もう帰ってこないのかと……」

また話が途切れた。

「たった一杯の摘入汁でも……」

板に書かれた文字にちらりと目をやってから、時吉は続けた。

「そこに浮かぶ面影は、人によって違うのでしょう」

「ええ」

「面影汁、ね」

と、おちよが言った。

「面影汁……」

おさちが小声で繰り返す。

「その汁を張ったお椀を顔に近づけると、ふっといい潮の香りがして、懐かしい人の顔が浮かぶの。そんな、面影汁」

「だれかが、だれかを思い出す」

「面影がよみがえる」

時吉とおちよが掛け合うように言うと、おさちはやっと穏やかな表情になった。

「じゃあ、その名前をいただきましょう」

「面影汁を?」

「ええ。響きのいい名前です。『はまや』の名物にします」

おさちはそう言って笑った。

悲しみを乗り越えて、気丈に前を向いて行くおかみの笑顔だった。

四

時吉とおちよは納屋で寝ることにした。

おさちからは「見世の座敷で休んでください」と言われたが、ここで十分だ。雨露がしのげればそれでいい。

明日からは「はまや」を手伝うことになっている。二人はいくらか星をながめてから納屋で休んだ。日中は少しずつ春めいてきているが、夜の風はまだ冷たい。あまり長く吹かれていると風邪を引く。

藁床だから寝心地はあまりよくないが、寒さはしのげた。二人は寄り添って眠ろうとしたが、今日はずいぶんと事が多かった。時吉もおちよもなかなか寝つくことができなかった。

「卯一さん、帰ってくるかしら」

おちよがぽつりと言った。

「望みは……」

薄いだろう、と言おうとして、時吉は言葉を呑みこんだ。それはあまりにも薄情に思われたからだ。

「……ある、かもしれないね」

いくらか間を置いてから、おちよは答えた。

「ああ、たとえ一筋の糸みたいな望みだとしても」

「あるね」

「ある」

おちよの手が触れた。

そのぬくもりが、ひどく温かく感じられた。

「それに……」

時吉は言葉を継いだ。

「それに？」

「たとえ卯一さんが乗った船が沈んでしまったのだとしても、それは外つ国で暮らしているのと同じかもしれない」

「もう戻ってこられないけど……」

「年に一度、お盆には戻ってくる」

「でも、それじゃ……」

あまりにも寂しいね、という言葉を、おちよは呑みこんだ。

「卯一さんは、生きてるよ。船は沈んでしまっても」

「何かにしがみついて？」

「いや」

いくらか間を置いてから、時吉は言った。

「おさちさんの心の中では、まだ生きてるじゃないか」

「ああ……そういうこと」

「人は、死んで終わりじゃない。生き残った者の心の中で、みんな生きてる。もう歳を取ることはない」

「そうね……安房屋のご隠居とか、火消しさんとか、懐かしい人はみんな生きてる。

あたしの心の中で」

「そう。あの人もいる、この人もいる。思い出の中で、みんな生きてる」

「思い出の中で……」

手を握るおちよの力が、少し強くなった。

しばらくそのまま、二人で風の音を聞いていた。

海からの風は夜通し吹く。そこにはかすかに、遠いところへ行ってしまった人の声も交じっているかのようだった。

「幸吉ちゃんは……かわいそうね。おさちさんも」

のどか屋の客にはかけない声で、おちよが言った。

「やっと助かったと思ったわが子が息をしていなかったんだからな」

「そうね。どんな気持ちだったかと思うと……」

「言葉がないな」

「うん」

二人はまた黙った。

遠くで猫がないている。ちょうど恋猫の季節だ。

「のどかたちはどうしてるかしら」

「帰ったら、また子ができてるかもしれないぞ」

「そうね」

相手が見つからないのかどうか、哀れっぽいなき声はなおも続いた。

「ねえ……わたしも」

おちよが潤んだ声を出した。

それだけで通じた。

時吉はつないだ手をぐいと引き寄せた。

おちよの息遣いが聞こえる。

江戸を遠く離れて、海に近い納屋に身を潜めている時吉にとって、支えになるたしかなものは身近にいる女房だけだった。

「ちよ」

名を呼ぶと、時吉は熱い唇を重ねていった。

第七章　雪花菜鮨《きらずずし》

一

翌日から、時吉とおちよは「はまや」で働くことになった。

手が空いているときは、厨でおさちに料理を教えた。おもに鰯を用いた野趣あふれる浜料理が持ち味の見世だが、品数はいくらあってもいい。おさちも覚えたいと言うから、時吉はできるかぎり教えることにした。

板に名が記された料理は、一つ増えた。

「わたし、字があんまり得手じゃないので、代わりに書いてくれない？」

そう請われて、おちよが筆を執った。師匠の季川ほどではないが、おちよもなかなかの達筆だ。

まだ新しい板には、こう記されていた。

おもかげ

面影汁だ。

毎日、海でゆくえ知れずになった卯一の好物を門口に出してきた。その鰯の摘入汁を、面影汁として、装いも新たに出すことにしたのだ。

「おもかげって、どういういわれだべ？」

客からはさっそくそう問われた。

「丸い摘入団子を人のたましいに見立ててるんです。だから、この面影汁をいただくと、夢に懐かしい人の面影が立ちます」

おさちはそう説明した。

「んまくなったな、この団子」

「そうだっぺ」

「江戸の料理人さんに教わったのがあ？」

客が察したとおりだった。

「ええ。長葱のみじん切りを入れたら、味がきゅっと締まりました」

「ほお、葱をな」

「夢に死んだおっかさんとか出てぐるのがあ？」

「おらぁ、おっかあが出てきたらおっがねえべ」

客の一人がそう言ったから、「はまや」は笑いに満ちた。

「んにしても、看板娘がも一人増えてよかったべ」

「んだべ。ま、娘と呼ぶにはちと……いや、なんでもね」

おちよにわざときっとにらまれた客が首をすくめる。

「べっぴんさんが二人になって、器量の悪いのはわだしだけになっちったべ」

そう言って笑ったのはおしの。折にふれて「はまや」の手伝いに来ている女だ。

「なんの。目が悪ぐなっだら、べっぴんに見えるべや」

「言うだな」

そんならちもないやり取りがあるだけで、見世に和気が満ちる。

おしのはおちよよりいくらか上の寡婦《かふ》だった。孝助《こうすけ》という十四になる息子がいる。

網の繕いや干物づくりなどの浜仕事と「はまや」の天秤だが、見世はあくまでも手伝いで、銭を得ているわけではなかった。その代わり、余り物などをもらって家に帰り、息子とともに食す。客との会話を楽しむために、見世の手伝いをしているような気のいい女だった。

気性のさっぱりしたところのあるおしのは、おちよはもとより、時吉ともすぐ打ち解けた。時吉は二人の女から「師匠」と呼ばれるようになった。

師匠らしく、毎日、一つずつ料理を教えていった。鰯だけでも、教えたい品はたんとある。

まず伝授したのは、鰯の田楽だった。

小ぶりの鰯の頭とわたを取り、よく塩水で洗う。これを十尾ほど串に刺し、味噌を塗って香ばしく焼く。甘めの白味噌でも、唐辛子を交ぜたぴりっと辛い味噌でも、どちらでも合う。

続いて、鉄砲和えを教えた。

頭とわたを取り、三枚におろしてから水で洗う。いままで鰯の骨はもっぱら飼料にしていたようだが、それではもったいない。陰干しをしてから油で揚げ、さっと塩を振ればいい酒の肴になるのだから。

三枚におろした身は、赤味噌に味醂を交ぜたもので和える。この和え衣の甘さを、溶き辛子で締める。さらに、刻み葱を加えればできあがりだ。肴にしても、炊きたての飯に乗せてもいい。

「引き出しがずいぶんたくさんあるんですね、師匠」

客の波がようやく引いたところで、おさちが言った。

今日も「はまや」は大盛況だった。せっかく飯沼観音に近いのだからと、おちよが呼びこみを買って出た。

「江戸から腕に覚えの料理人を呼んだ浜料理はいかがですか？　きっとご利益《りやく》がありますよ」

笑顔でそんな声をかけたから、観音詣での客まで脇道に折れて足を運んでくれるようになった。

雨露をしのげるところを供してくれたのだから、せめてもの恩返しをという気持ちからだが、もう一つ考えもあった。

江戸の件にかたがついて、安東が迎えにきてくれても、逗留するはずだった神村屋にはいない。そこで手がかりがなくなってしまわないように、「江戸から来た料理人がいるはまや」が評判になる呼びこみを行おうという算段だった。

これが図に当たり、にわかに客が増えた。おさちより先に常連たちが思案して、土間の茣蓙を少しずらし、どこからかもう一つ長床几を運んできてくれた。

今日も二つの長床几だけでも相当な客の入れ替わりがあったのだが、ようやく落ち着き、座敷の客がひと組だけになった。一段落ついたところでおしのは上がりになった。それと入れ替わりにおちよが戻ってきて、遅い昼を食べた。そんな頃合いに、おさちが時吉の引き出しの多さをたたえたのだった。

「人から聞いて教わった料理もたくさんあります」

「師匠の師匠からですか?」

「それもあるし、わたしの郷土の料理もあります。そのほかに、ほうぼうの見世を食べ歩いて舌だめしをして、手の内に入れた料理もありますね」

「ああ、なるほど。江戸にはいろんなお見世がありますからねえ」

おさちはやや残念そうな顔つきになった。銚子の外れで見世をやっていては、舌だめしというわけにもいかない。

「それと、お客さんから教わった料理も存外にあります。江戸には諸国の人が流れてきますから、その土地ならではの味のある料理を教えてくれたりするもので」

「なるほど……鰯にもありますか」

「もちろん」

時吉は笑って、次なる料理の指南を始めた。

「これは安芸《あき》の国の人から教わった料理なんですが……ちよ、あれは手に入ったか？」

「ええ、なんとか。ちょっと苦労したけどね」

初めから次はこの料理を伝えるつもりで、呼びこみがてらの材料の調達を頼んでおいたのだが、首尾よく入手できたらしい。

「あれ、と言いますと？」

おさちが問う。

「これですよ、おさちさん」

おちよは袋に入れて持ち帰ってきたものを見せた。

「ああ、いい香りがする」

おさちが手であおぐしぐさをした。

おちよが調達してきたのは柚子の皮だった。季《とき》は移ろっているが、乾燥させたものならまだ手に入る。

「では、これで材料がそろったので、さっそく」

時吉は安芸の国の郷土料理の伝授を始めた。

小ぶりの鰯の頭とわたを取り、塩水で洗う。これに小麦粉をまぶして、ほんのりと色づくまで揚げる。

続いて、合わせ味噌をつくる。味噌が一、味醂が一、酢が二の割合で合わせ、弱火にかけてよく練り合わせる。

「ここに柚子の皮のみじん切りを合わせると、いちだんと風味が増します」

「へえ、考えてもみなかったです」

と、おさち。

「柚子と味噌は相性がいいですからね」

おちよが言った。

「こうして練りあげた柚子味噌に……熱いうちに、揚げた鰯を漬けます。油はよく切ってください」

時吉は手本を見せた。

まだ肌が火照《ほて》っているかのような鰯を味噌に漬けこむ。

「これで、熱が薄れるのと入れ替わるように味がしみていきます」

「わあ、おいしそう」

おさちは表情を崩した。哀しい話をしていたときとは別人のような顔だった。おいしいものを目の前にすると、たとえ束の間でも、人は哀しみを忘れる。

「鰯を漬ける料理はほかにもありますから、おいおいお教えしましょう」

時吉が言うと、おさちはぺこりと頭を下げた。

「お願いします、師匠」

二

「江戸からここまで、いったいいくつの橋をくぐってきただろう」

その晩、納屋でぽつりと時吉は言った。

「さあ……数えてなかったけど」

「その橋の数だけ、人の往来がある。考えてみれば、料理も橋みたいなものだな」

「どういうこと？」

「今日は安芸の国の料理をおさちさんに教えた。もともとは、のどか屋に来た安芸出身のお客さんから教わったものだ。それがこうして銚子に伝わっていく。橋を渡って、人は旅していく」

「でも、料理が伝わっていくんだから、動かない橋じゃなくて、下を流れていく川の水じゃないかしら」

「それだと、その川筋にしか伝わらないじゃないか」

「あっ、そうか」

おちよは思案した。

日の暮れがたから雨が降ってきたが、どうやら土砂降りにはならないようだ。それでも粗末な納屋だから、雨漏りの音が心細く響く。

「それじゃ、舟はどうかしら。料理っていう舟がいろいろあって、いろんなところへ流れていくの」

「なるほど……それなら、どんな川筋にも行けるな」

「料理人は船頭さん」

「竿の代わりに包丁を操る船頭か」

「そう。水はどこへだって流れるから、安芸の国の料理を銚子へ伝えたりすることもできる」

「鰯の柚子味噌漬けは、安芸の国を訪れた船頭がほかの場所にも伝えているかもしれないな」

「そうやって、料理はだんだん広まっていくの」

「そういえば、外つ国の料理だって伝えられてる」

そう言った時吉は、おさちの話を思い出した。

夫婦は以心伝心、それはおちよも同じだったらしい。

「卯一さん、どこかの国で、暮らしてるかもしれない」

「ああ。銚子の浜料理を教えてな」

「そのお料理が、銚子焼きとか、銚子漬けとか呼ばれてる」

「だといいな」

「うん」

少し雨音が高くなった。

時吉とおちよはどちらからともなく手を伸ばした。お互いのぬくもりを探した。


翌日はおしのの息子の孝助が「はまや」に来た。

母よりもうずいぶんと背が高い息子は、漁師たちに連れられてやってきた。聞けば、いまは網の繕いなどの浜仕事ばかりだが、今度花が咲いたら船に乗るのだそうだ。もちろん、桜の花だ。

「この酢漬け、うめえどお」

「こったげうめえ酢漬けは、食っだこどねえべ」

漁師たちに出したのは、けさおさちに教えたばかりの料理だ。口に合ったのか、孝助もうまそうに食べている。

「師匠に教わったばかりの料理なので」

おさちは時吉を立てた。

「鰯の甲比丹《かぴたん》漬けでございます」

「かぴたん？」

「外つ国からやってきた船の船長のことを『かぴたん』と言うんです。その船長さんが伝えてくれた料理です」

時吉はそう講釈した。

「へえ、深いねえ」

「南蛮わたりだっぺ」

「おまじないになりそうだべ？」

「何のだあい」

「これ食っとぐと、万が一、船が流されても南蛮へ着ぐんだべ」

「おらぁ、南蛮の言葉なんがしゃべれねえどぉ」

「んなもん、着いでから覚えればよかっぺよ」

そんな調子で、甲比丹漬けを口に運びながら、漁師たちのらちのない話が続いた。

つくり方は、こうだ。

例によって頭とわたを取った鰯は、素焼きをしてから胡麻油で香ばしく揚げる。

漬け込むのは三杯酢だ。二杯酢でもいい。必ず入れなければならないのは唐辛子だ。種を取って小口切りにしたものを一緒に漬け込む。

割り葱を湯がいて鰯とともに漬ける。あぶった椎茸のせん切りなどを入れればさらに皿の深みが増す。

朝に仕込んでおけば、昼にはちょうどいい按配になる。しかも、存外に日もちがするから、おさちはなおのこと喜んだ。つくり置きの利く鰯の料理は貴重なのだ。

「おい、孝助、食っとげ、食っとげ」

「船に乗る前からおまじないかよ」

「しゃあああんめえ。二度あっちゃ、困るっぺ」

漁師がそう言ったから、今日は「はまや」にいるおちよがたずねた。

「二度、と言いますと？」

「い、いんや、まあ、こいつの前ではよ」

孝助を箸で示し、漁師はにわかに言いよどんだ。

「孝助のとっつぁん、つまり、わだしの亭主の船が沈んだんだよ。浜にむくろも上がったさ」

おしのがさらりと言った。

「まあ、それは……」

軽い気持ちで聞いてはいけないことを聞いてしまったかと、おちよは悔やんだ。

しかし、おしのはさっぱりした顔で、いつものように笑みを浮かべていた。本人が言うとおり、決して器量はよくないが、笑うと何とも言えない愛嬌が出る。

「ちゃんと葬式もしたし、供養もしてる。もうあきらめはついたべ」

そこはかとなくおさちを気遣うように、おしのは声の調子をいくらか落とした。

「そいでも、孝助にゃ陸《おか》の仕事についておぐんな、おっかあは心配だからって言ってたんだがねえ」

苦笑いを浮かべる。

「しゃあああんめえよ。漁師の血なんだからよう」

「そうだっぺ。漁師の子は漁師」

「孝助が決めたこどだからよ。しゃああんめえ」

客が口々に言った。

当の孝助はいたって口が重く、よそ者のおちよなどが話しかけても、はかばかしい返事はしてくれなかった。だが、芯は強そうな子だった。それは目に宿っている光を見れば分かった。

仕事を終えた漁師たちはむろん昼から酒だが、孝助は番茶を呑んでいる。一人だけまだ船に乗っていないせいか、どことなく据わりが悪そうだった。

「まあ、でも、息子が獲ってきた魚をここで食ったら、漁師にさせていがったって思うべや」

「そうがねえ」

おしのが首をかしげる。

「ただ、船乗りは向き不向きがあるっぺ。どうしたって船酔いになるもんで、陸に上がらされたやつも多いべ」

「孝助もそうなるといいんだがねえ」

「……ならねえべ、おっかあ」

息子は少し考えてから、いくらかむっとした顔で答えた。

客には次の料理が出された。

鰯の酢煮だ。

青魚の臭みを酢が和らげ、身も柔らかくしてくれる。生姜と唐辛子を入れて煮れば、なおのことこくが出る。

若布とともに器に盛れば、見た目もいい。若布は箸休めにしても、鰯とともに食してもいい。

「うんめえなあ、この若布」

「食べられったげ食べられるっぺ」

ずいぶんと若布が好評だったから、時吉はもう一品つくることにした。

若布を胡麻油で炒め、醤油で味付けをする。最後に白胡麻を振ればできあがりという簡単な一皿だが、これまた酒の肴にいいと漁師たちは相好《そうごう》を崩した。

「料理人さんは、包丁の腕だけで、うんめえ料理をのっほどつくれるべ。孝助、おめえも料理人をやるべや？」

半ば冗談、半ば本気という按配で、おしのはたずねたが、孝助はただちに首を横に振った。

「おらぁ、海が好きだべ」

息子はぽつりと言った。

母は苦笑いを浮かべただけで、もう何も言わなかった。

漁師たちとともに孝助は去り、ほかの客の波も引いた。

今日も「はまや」は忙しかったが、そろそろ見世じまいという頃合いになった。

「梅はそろそろいい時分ですね」

明日の仕込みをしながら、おさちが言った。

「なら、休みの日……はないんでしたっけ、ここは」

「いままでは。見世をやってたほうが、なにかと気がまぎれるもんで」

「そうだあね。わだしも亭主を亡くした当座はそうだったべ」

今日はおしのも仕込みを手伝っている。しみじみとした口調で言った。

仕込んでいるのは雪花菜鮨《きらずずし》だ。

三枚に下ろした鰯を水で洗い、笊《ざる》に並べて塩を振る。小半時（約三十分間）ほど置いて身が締まったら、浅いたらいに並べて酢に浸す。これは四半時（約十五分間）も浸せば十分だ。

雪花菜《きらず》とはおからのことだ。「切らず」に使えるからこの風流な異名がある。これを水洗いしてから空煎りする。味付けは酢と味醂を合わせたものだ。

ここまで下ごしらえをしてから、仕上げに入る。

飯台に雪花菜を敷き詰め、その上に酢を切った鰯を乗せる。さらに上から雪花菜をかけ、小口切りにした唐辛子を散らす。

これをひと晩置けば、味がなじんでいい感じになる。馴れ鮨にしては浅いが、時吉は「雪花菜鮨」と呼んでいた。もとは相州《そうしゅう》の浜料理だ。

「こうやって、人もだんだんなじんでいぐんだねえ」

息子のことを思い浮かべたのか、手を動かしながらおしのがぽつんと言った。

「自分で選んだ道ですもの。ちゃんとやっていきますよ」

「孝助ちゃんはしっかりしてますもの」

おさちとおちよが太鼓判を捺《お》す。

「それはまあ、あんまり心配してねえんだけど、だんばらが立っだり、海が荒れだりすると思うと……やっぱり師匠みだいな仕事がよかんべえと」

「人の一生は何が起きるか分かりませんから。うちの人だって、元はお侍だし」

おちよは腰に手をやって、刀を差していたと示した。

「へえ、道理で背筋がしゃんど伸びてるべえ」

「お侍さんが、なんでまた料理人に？」

おさちが問う。

「それはまあ、話せば長いことになりますので」

「ほんとに、利根川のいちばん上流まで行ってしまいますから」

おちよが笑った。

思えば遠くまで来た、と改めて時吉は思った。

ついこのあいだ駕籠に乗せられ、御城で上様の料理をおつくりしていたような気がする。それがいまは、銚子の看板もない見世で浜料理をつくっている。

ときどき、いや、毎日のようにのどか屋の夢を見る。留守にしている岩本町の見世ばかりではない。焼けてしまった三河町ののどか屋の夢も見る。

すべてが、なつかしい。

もうこの世にはいない客たちも、歳を取らず、あのころと同じ顔で時吉の夢を訪れてくれる。

料理は後に残るものではない。食べられてしまえば、器だけが残る。

だが、そんな儚いものでも、思いだけは残る。あのとき、あんなものを食べた、こんなものを食べたという記憶は、なつかしい人の思い出とともに、人生の折々にふとよみがえってくる。

それでいい。

人と料理は同じだ。たとえかたちは残らなくても、思いは残る。その思いが、人から人へと伝えられていく。川から海へ注ぐ水のように流れていく。

時吉がそんなことを思い巡らしているうちに、いつのまにか女たちの相談がまとまっていた。

あしたもいい梅日和になりそうだから、いくらか見世を早めに閉めて、弁当を持って浜へ行こうという話になっていた。

「おまえさんも行くよね？」

おちよが笑顔でたずねた。

「ああ、もちろん」

時吉も笑って右手を挙げた。

三

その日の「はまや」は朝から華やいでいた。

訪れた客に出す料理ばかりではない。手が空いたときに弁当もつくらなければならないから大変だが、それは心地いい忙しさだった。

狭い田舎町のことだ。「はまや」が珍しく早じまいして梅見に行くという話はたちまち伝わり、常連客はいつもより早めに昼を食べにやってきた。

雪花菜鮨はちらし寿司の具にもなる。弁当のお重の一つはこれで決まった。彩りに錦糸玉子を散らせば、ひと足早い菜の花畑の趣になる。青みは素朴に葱の青いところの小口切りでいい。

もう一つのお重《じゅう》は煮しめにすることにした。柚子の皮がまだ余っているから、最後に黄色が彩りになるようなものをと、時吉は逆から考えた。それぞれの煮つけは客にも出せるから、余ったものを弁当にすればいい。

「はまや」はもっぱら海のものを出してきたが、時吉とおちよが来てから山のものもだんだんに増えてきた。健脚で物おじしないおちよは、朝早く起きて山のほうへ向かい、新鮮な野菜を仕入れてきた。

ことに、今日入ったのはいい野菜だった。金時人参は甘みがあって、赤の色合いがことのほか深い。これに、きれいに面取りをした小芋や、ゆうべから戻しておいた椎茸の煮物を加える。海老の身も散らす。赤、白、黒の煮しめを、仕上げに加える柚子の黄色がぴりっと締める。

「見ただけでよだれが出そうだべ」

「おんらぁ、こったげうまそうな弁当見だことねえべ」

「今度、花見の弁当、ここでつぐってもらうべや」

「そうだっぺ。弁当なら『はまや』に限るべ」

初めに道案内をしてくれた船大工衆は、口々にそう言ってくれた。

そうこうしているうちに頃合いの時分になった。「はまや」の面々は梅見に出かけることにした。念のために、今日は都合により早じまいにする旨《むね》の貼り紙を出しておいた。

昨日はいくらか通り雨が降った。下が濡れていると困るので、時吉が薄手の茣蓙を丸めたものを背負って歩いた。

「梅は山のほうでも咲いでるけど、やっぱり海のほうがいいべ」

おしのが先導して歩く。どこに梅が咲いているか、知っているのはやはり地元で生まれ育った者だ。

一同は千人塚のほうへ向かった。ただし、港のほうへ下りてしまうと梅はない。河口と外海の境にいくつか小さな島影が見える。それを望む小高い丘なら、むやみに多くはないものの季節の花が咲いていた。

「あのあだりでよかんべや」

おしのが指さした。

「そうね。ここいらなら梅も海も両方見えるし」

おさちが言う。

ほどなく、時吉は茣蓙を下ろした。少し狭いが、四人は座って弁当を開けた。のどか屋で竹筒に茶を入れてきている。時吉は小ぶりの瓢箪《ひょうたん》に酒を入れてきた。のどか屋で出していた上物の下り酒が恋しいという気持ちもなくはないが、これはこれで舌がなれてきた。

春の日ざしがあたたかかった。日はだんだんに西へと移ろっていくが、丘から右手のほうをながめれば、まだ海の水は日の光を美しく弾いている。それはまるでまぼろしの光の魚影のようだった。

「なんだか海を見るのは久しぶり」

おさちがそう言って瞬きをした。

「働きづめだったがら、おさちさん。たまには息を抜くだね」

「そうね。おしのさんの言うとおり。近くにこんないい景色があったなんて」

「ほんとに、きれい」

おちよが感に堪えたように言って、椎茸の煮付けを口に運んだ。

甘辛い江戸の味付けで、戻し汁もだしに加えてある。嚙めばじゅわっとうまさが広がってくる。

「梅の色合いもいいな」

時吉が軽く指さした。

同じ色合いだと飽きがきたりするものだが、さほどの本数ではないものの、紅梅にほどよく白梅が交じっている。なかにはかわいらしい薄紅色の梅もあった。まだ髷を結いはじめた娘のような趣だ。

「そうね。向こうの海がなおさらきれいに見える」

「海は……」

おしのがそう言って、ふと口をつぐんだ。

「なに？　おしのさん」

おちよが問う。

「宝だな、と思ってさ。いっづも思うんだべ」

「海は、宝……」

「そうだっぺ。ちょうどあのあだりだった。亭主の甚六《じんろく》のむくろが上がったのは」

おしのはいくらか遠い目になって、浜のほうを指さした。

みな、黙って同じほうを見る。

風が吹き過ぎていく。とりどりの色の梅の花を揺らして、風が吹き抜ける。

「しばらぐは、海を見られなかったべさ。そりゃあそうどぇ。亭主を呑みこんだ海だもの。憎いと思ったべ。とごろが……」

おしのはまた言葉を切った。

海のほうを見て、目をしばたたかせる。

「ところが？」

穏やかな声で、おちよはたずねた。

「亭主を葬って、初七日も済んで、やっと海へ行ぐ気になったんだべ。恨みごとの一つも言ってやろうと思ってでな。『海よ、聞いておぐんな。わらぁ、おらの大事の亭主を殺しちったべ。まだ小さい息子がいるべ。おら一人で食わしていがなきゃなんねえ。どうしてくれる』ってよう、恨みごとを言おうと思って、海へ行ったべ。そしたら……海はきれいだった。泣きたくなるほど、きれいだったんだべ」

おしのは泣き笑いの表情になった。

「わたしも、気持ちはわかる。痛いほどわかるの」

今度はおさちが語りだした。

「あの人の船がゆくえ知れずになってしまったあと、何度も浜へ来て、海を見た。あの人を返して、と泣きながら呼びかけたことだってある。でも、それでも海はきれいだった。泣きたいくらいにきれいだった」

「そうだっぺ。亭主をかっぱられて（盗まれて）、きもいれる（むかつく）と思っても、あん人がなにより好きだった海だべ。船乗りが船で死んだんだべ。そう思えば、しゃあああんめえ……と思うようにしたべさ。海は、いまでも宝だっぺ。こったげうめえもんも獲らしてくれるべ」

おしのはそう言って、鰯の雪花菜鮨を散らした寿司をほお張った。

鳶《とび》が舞っている。

羽を水平に広げた鳥は、食い物を目がけてまっすぐ下りてくることもあるが、いまは悠然と空を舞っているばかりだ。

「あの人が帰ってきたような気がしてねえ、鳥を見ると」

おさちが鳶を見ながら言った。

「もちろん、まだ帰りを待ってるんだけど、心の半ばはあきらめてるの。あの人には申し訳ないけどね。だから、空を飛んできたものを見たら、戻ってきたんじゃないかと思って……鳥になって」

「鳥になって」

　おちよも空を見上げて、ぽつりと言った。

「わだしは、迷い犬とか猫とか見だら、亭主が生まれ返ってきだのかと思ってねえ。ついえさをやっちったこどがなんべんもあるべや」

「『よく帰ってきたわね、あんた』って言いながらね」

「おさちさんもかい？」

「うん。泣きながらえさをあげた」

　時吉にはその情景が見えるような気がした。

「われよぉ、もうちっどましなもんに生まれ変わるべさ、って言いながら、えさをあげたもんだべ」

　おしのが笑う。

「ほんとにねえ。どうせなら上様にとか生まれ変わったらねえ」

「それはいくらなんでも」

　おちよが言った。

　時吉はにわかに妙な気分になった。

　その上様にお目にかかり、料理をおつくりしたのは、そう遠くない昔のことだったのだから。

しかし……。

まぶしくてまともに見られなかったせいもあるだろうが、上様のお顔はどうだったか、おぼろにかすんではっきりと思い出すことができなかった。

だが、海で亭主を亡くした二人の女の顔は、この先も忘れることはないだろう。折にふれてよみがえってくるだろう。時吉はそう思った。

「いろんなもんが沈んでるべ、あのあだりにゃ」

おしのが沖のほうを指さした。

あれは一の島、向こうが二の島。人の住むほどの大きさではない小島のかなたに、海原がはるかに広がっている。

「なのに、なんであんなにきれいなんだべさ」

日の光が遠ざかるにつれて、沖合の春の海の青は深く、濃くなっていく。その青がうねる。わずかに白を散らして、満々とたたえられた恵みの水が揺れる。

「あそこが浄土かもしれないね」

おさちが息を含む声で言った。

「浄土?」

おちよが短く問う。

「利根川の水は、みんな海へ注いでいく。わたしも江戸から来たからわかる。利根川にはいろんな小さな川の水が流れこんでる。まるで人の命みたいに」

「その命の水が流れて……あの浄土へたどり着くのね」

得心のいった顔で、おちよは言った。

小高い丘からは、河口の水のさざめきもながめることができた。とりどりの船とともに流れてくる水は、茜の光をそこはかとなく宿しながら海を目指す。

そして、やがて見えなくなる。人が懸命に生き、そのたましいが浄土で安らうように、川の流れは見えなくなる。

「息子が海へ出ても、おとうが呼んだりはしねえと思うんだがね」

やはり心配なのか、弁当をあらかた平らげてから、おしのが言った。

「逆に守ってくれると思うよ」

と、おさち。

「もしあらしに巻きこまれても、船を支えてくれますよ」

おちよも言うと、おしのは人なつっこい顔に笑みを浮かべて答えた。

「そうだとよがっぺ。でも、海にゃ石投げたりしでたから。亭主がおっ死《ち》んだあと、きしょう（畜生）、きしょう、って叫びながら、石投げてたべ」

おしのは腕を振るしぐさをした。

「そのうち、あん人まで憎くなってきてさ。このごじゃらっぺ（馬鹿）、きもいれるって怒りながら、なんべんもなんべんも、手が痛ぐなるまで石をほうってたべ」

その浜のほうを、浜で育った女は、いまは諦念すら感じさせる表情で見ていた。時吉はふと、先だってお参りした観音像を思い出した。

「なんにせよ、息子さんは息子さんでちゃんと育っていきますよ。この先、楽しいことがいっぱい待ってますから」

おちよが笑顔で言った。

「そう思うようにするべ。案じても仕方ねえがら」

「梅が咲いたから、桜もまもなくね」

と、おさち。

「待ち遠しいやら、咲かなきゃいいど思うやら」

おしのがそう言ったとき、遠くから声がかかった。

「今日は休みがあ？」

漁師のなりをした男が、大声で問う。

「梅、見てるんだっぺ」

「梅があ……きれいに咲いでんどぉ」

「ああ、きれいだべ」

梅の花が風に揺れる。

いくつかの花びらは枝を離れ、ふっと宙に舞い、浜のほうへ流れていく。

赤が揺れ、白が散る。

そんな景色をへだてて、大声の会話が続く。

「また『はまや』へ来らっせ」

「行ぐっぺや。何がうめえがあ?」

「なんでもうめえどぉ。なんせ、江戸の料理人さんがつぐってるべ」

おしのは時吉を手で示した。

「江戸の料理人があ。てえしだもんだべ」

「うめえもんばがりだがら、『はまや』へ来ておぐんな」

「おう」

漁師は手を挙げて、港のほうへ歩み去っていった。

「あん人は、亭主の連れだったんだべ」

そのうしろ姿を指さして、おしのは言った。

「一緒に船に乗っててだ。しょっちゅう酒も呑んでたべ」

「難破したときもですか?」

おちよがたずねる。

「いんや。そのときはちょうど休みで助かったべ。亭主の分まで、あん人らが魚を獲ってでくれる。そう思うようにしたべ」

「不思議なことに、海が荒れて人死《ひとじ》にが出たあとは、急に豊漁になるんです。昔からそう言われているそうなんですが」

と、おさち。

「海で死んだ人が運んでくれるんでしょうか」

時吉は感慨深げに言った。

「そうだと思います」

「亭主が死んだあとも、金目《きんめ》が馬鹿によく獲れたべさ。それをおさちさんに煮付けにしてもらってでよぉ」

金目鯛も銚子ではよく獲れる。煮付けや刺し身ばかりではない。なめろうなどにしても美味だ。

「その金目の目ん玉を見てだら、あん人のぎょろ目を思い出しで、泣けで泣けでしょうがなかったべ」

おしのはまた泣き笑いになった。

日の暮れがたになり、風がだんだん冷たくなってきたのをしおに、梅見に来た一同は腰を上げた。

西の空はいちめんの茜雲だ。いっそ荘厳なほど朱に染まった雲が、ちぎれちぎれに空に撒き散らされている。

そのさまをながめながら、四人は「はまや」のほうへ歩いた。

おしのの家は脇道に入る。今日はここで別れることになった。

「今度は花見ですね」

時吉は言った。

「孝助ちゃんが船に乗る祝いにね」

と、おちよ。

「んだべ。またうんめえ弁当をつぐっておぐんな」

「なら、今日はここで」

「気をつけて」

「そちらこそ、気をつけて帰《けえ》らっせや」

穏やかな声で言うと、おしのは息子が待つわが家のほうへ帰っていった。

第八章　菜の花ご飯

一

その日が来た。

銚子の港を見下ろす丘の桜は、三日前から続いたあたたかさで満開になった。心地いい南風が吹く朝、孝助は晴れて船に乗りこむことになった。

母のおしのは見送りに行くと言ったが、息子に断られてしまった。

「恥ずかしいべ。家にいでおぐんな」

そう言われてしまったから、浜へ下りるのはやめて、おしのは少し離れた神社まで歩いた。第六天を祀る神社で、息子に海難が降りかからないように、長いあいだ両手を合わせて祈った。

それから、「はまや」へ顔を出した。

「孝助ちゃん、今日でしたっけ？」

おさちがたずねた。

「そうだっぺ。見送りは断って、一人で行っちった」

おしのは苦笑いを浮かべた。

「じゃあ、お祝いを兼ねて、そろそろお花見に行かないと」

と、おちよ。

「花散らしの風でも吹いたら、後の祭りになってしまいますからね」

筍《たけのこ》と油揚げを煮含めながら、時吉が言った。

これは春らしい筍ご飯にする。若竹の穂先が崩れたりしないように、時吉は気を遣いながら菜箸を動かしていた。

「なら、善は急げって言うべさ」

「今日行くの？」

「孝助の見送りができなかっただがら、代わりに海を見どぐべや」

「師匠、お弁当はできますか？」

おさちがたずねた。

「筍ご飯が余れば、なんとか」

「それなら、早じまいにして出かけましょう。こんなにいい日和《ひより》なんだし」

おさちは入口のほうを指さした。

日の光が、心なしか濃くなってきたように見えた。


初漁を終えた孝助は、漁師たちに連れられて「はまや」へやってきた。

「おう、おっがあに渡すべや」

「世話になっだんだがらよ」

そう言われた見習いの漁師は、けさ獲れたばかりの魚を母に渡した。

「これ」

照れ臭いのかどうか、言葉はそれだけだった。

「そっだげがあ？」

「もっど何か言うべ」

「愛想ねえべや」

漁師たちがあきれたように言う。

「いんや、そんだげで十分だべ、おっかあは」

おしのは目をしばたたかせて、鰯の笊を受け取った。

「ありがてえ魚だ。おっどぉと二代で、海から獲ってきた宝だべ。成仏させておぐんな、師匠」

「承知しました」

時吉は気の入った声を出した。

死んだおやじも、今日初めて漁に出た息子も漁《いさ》った魚だ。海の宝だ。うまい料理をつくって成仏させてやらなければ罰《ばち》が当たる。

今日の鰯は、初めから有馬煮にするつもりだった。銚子ではなかなか手に入らなかった実山椒《みざんしょう》をやっとおちよが見つけてきたのだ。

頭を落としてわたを抜いた鰯は、筒切りにして鍋に入れる。酢でしばらく煮てあくを取ると、役目を果たした酢を切って、ひたひたのだしで煮詰めていく。

仕上げに実山椒を散らして有馬煮にすれば、鰯の臭みはまったく消えて、深い味わいだけが残る。

「うめえなあ」

「江戸の料理屋の味だべ」

「銚子の魚がよそいぎの衣を着せでもらったべや」

客の評判は上々だった。

大人向けの味だが、孝助もひとかどの男の顔をして口に運んでいた。

「うめえが？」

おしのが問う。

「うめえ……が」

「が？」

「おらぁ、鰯なんかじゃなぐで、鰹《かつお》を獲りてえべ」

孝助がそう言ったから、「はまや」にいっそう和気が生まれた。

「おう、獲れ、獲れ」

「おっどぉは鰹獲りの名人だったべ」

「初鰹を釣って、『はまや』へ持ってくるべや」

そう言われた孝助は、まんざらでもなさそうな顔でうなずいた。

いつになるか分からないが、きっと孝助は鰹を釣るだろう。親から受け継いだ漁師の手だ。釣れないはずがない。

時吉はそう思った。

そして、息子が釣った鰹のたたきを、おしのは涙しながら食べるだろう。心のなかで、海で死んだ夫に報告しながら、鰹を味わうだろう。その情景がありありと見えるような気がした。

「なら、すみません。今日は早じまいにさせていただきますんで」

頃合いを見て、おさちが言った。

「花見だってな」

「いい日和でいがったべ」

「んなら、おんらぁも行くがあ?」

「そうだな。弁当つぐってもらうべ」

そんな成り行きで、厨はにわかに大忙しになった。

漁師たちと「はまや」の面々、二組分の花見弁当をつくらなければならない。

「おんらぁ、いま食っだがら、なんでもよかんべ」

「酒さえありゃいいっぺ」

「んなこと言うだら、江戸の料理人さんに悪いべや」

漁師たちの声に背を押されるように、時吉は手を動かした。おちよも手伝う。

筍ご飯に加えて、菜の花ご飯もつくることにした。穂先のわずかに黄色く染まってきたところを塩ゆでして細かく刻み、飯の上に散らすと春の野の趣になる。

有馬煮をつくりすぎたかと思ったが、弁当のことを考えればちょうどよかった。存分に入れて弁当の華にする。

山のものでは、たらの芽が入っていた。これは天麩羅がいちばんだ。揚げたてを食せなくても、さくっとした嚙み味は残る。つゆはなくてもいい。一振りの塩があればいい。

箸休めには、干し大根と若芽の酢醬油和えを配した。

大根は山のほうでひと冬かけて干されたものだ。冬至から干しはじめると、春にうまく干しあがる。房総の冬の風を受け、春の息吹を感じるころに収穫された割り干し大根を湯で戻し、一寸あまりの長さに切る。

これに海の恵みの若芽を合わせる。海の幸と山の幸が悦ばしく溶け合った一皿を、酢醬油がきりっと締める。

「こんなものかな？」

按配よく弁当を詰めおえたおちよが言った。

「筍や菜の花、黄色がいい感じに映えてるわね」

おさちは満足げにうなずいた。

「赤いものが一つも入っていませんが、風に乗って花びらが流れてくるかもしれませんから」

「さすがは、師匠。風流だべ」

おしのが大仰にひざをたたいたから、見世に笑いがわいた。

支度が整った。

本日、早じまひ。

浜見《はまみ》の丘にて、花見をしてゐます。

おちよが少し長い貼り紙を書いた。

漁師衆と「はまや」の面々、二組の花見客は弁当を下げて丘へ向かった。

二

浜から風が吹いていたが、桜はどうにか持ちこたえていた。

日の光を受けて、花びらがさんざめく。枝がふるふるとふるえ、ささやきめいた音を響かせる。そのなかには、海で死んだ者の声もかすかに交じっているかのようだった。

「ここらへんでいいでしょう」

おさちが草地を指さした。

白や黄の花を散らして、春の草が生い茂っている。茣蓙はいらない。じかに腰を下ろして、草の香りもかぎながら花見を楽しめばいい。

「あん人らは、やっぱり浜に近いほうがよがんべや」

おしのが漁師たちを指さし、どっこいしょと掛け声を発して腰を下ろした。

その右隣におさち、さらに、おちよ、時吉の順に座って弁当を広げる。

漁師たちは丘を下り、港にほど近いところに陣取った。そのなかに、孝助の背中も見える。

「あんなに下りちゃったら、桜がちょっとしか見えないのに」

おさちがあきれたように言った。

「ほんと、ちっちゃい桜が一本しか咲いてない」

おちよが和す。

「やんらぁ、ごじゃらっぺ（馬鹿）だがらよぉ」

おしのはそう言って笑った。

左手の山のほうに目を転じると、黄色い菜の花畑が見えた。風向きが変わると、そちらのほうから甘酸っぱい香りがほのかに漂ってくる。

「景色も菜の花、お弁当も菜の花」

おちよが歌うように言った。

景色がいいと、箸が進む。菜の花ご飯はあっと言う間に残りわずかになった。

「実山椒っておいしいんですね。びっくりしました」

おさちは有馬煮をずいぶんと気に入ったようだ。

「冷えても味がなじんでおいしいですよ」

と、時吉。

「ええ、師匠」

「筍ご飯も按配がいいべ」

おしのが大口を開けてほおばる。

「あ、花びら」

風に吹かれて、こらえきれなくなった花びらが、ひとひら、ふたひら、おちよの髪にまとわりついてきた。

それをつまみ、残り少なくなった菜の花ご飯の上に乗せる。

「色が増えたね、おちよさん」

「ええ、きれい」

おちよは目を細くした。

下のほうから漁師たちの声が聞こえる。そちらは早くもずいぶん酒が回ってきているようだ。

「孝助に呑ましだらいがんどぉ」

見習い漁師の息子に酒を呑ませようとしたのを目ざとく見つけた母が、大きな声を出した。

「一杯だけだべ」

「祝いだっぺや」

振り向いた漁師たちが答える。

「まんだ子供だべや」

「なんの。海へ出たら、もうひどかどの男だべ」

「ほんのちいどだけだべ。そんでも、いがんのがあ？」

「なら、ちいどだけだあね。分がったか、孝助」

母の声に片手を挙げて答えると、けさ船に乗ったばかりの漁師は湯呑みの酒を呑み干した。

拍手がわく。

孝助はしきりに漁師たちに肩や背をたたかれていた。

「きしょう、ごじゃらっぺがあ」

そう言いながらも、おしのの目は笑っていた。

風向きが変わった。

風に乗った花びらが、今度は海のほうへ流れていく。

「海まで届ぐがねえ」

おしのが指さした。

「そういえば、亭主がゆくえ知れずになったあと、浜を歩いてたら桜の花びらが流れてきたっけ」

「たましいだど思ったべや？」

「……そうね」

少し考えてから、おさちは答えた。

「酒の入った瓢簞《ひょうたん》を持って、浜へ行っだこどがなんべんもあるべ。亭主に呑ませでやろうど思ってでな」

「お墓にかけるようなものですね」

おちよが言う。

「そうだっぺ。墓にもかけだが、やっぱりあん人のたましいは海にあるべや」

おしのはうるんだ目で海を見た。

「それに、海で死んだんはあん人だけじゃねえ。昔から、たぐさん人死にが出てるべ。あの丘の向こうまで波が上がったごともあるっぺ」

振り向いて指さす。

「まあ、あんなところまで……」

おちよが目をまるくした。

「慶長《けいちょう》（一五九六〜一六一五）とが言うだな、ずいぶんと昔の話だけど、ここいらの村、全部やられたべ」

「あんなところまで波が上がったら、そりゃ逃げられませんね」

「そうだべ。で、おんなじ慶長にまた大波が上がってきださ。今度は飯沼の観音様のとこまで波が入ってな、漁に出てだ船がたぐさん沈んだんだべ。それを弔うために、千人塚ができだべや」

「そうだったんですか……もう二度となければいいですね」

おちよが目をしばたたかせた。

「海の守りになってるから、うちの亭主も」

おしのが無理に笑う。

「大波が来ねえように、仲間ど一緒に守ってでくれでるべ。海の宝もくれるべ。だがら、もうあぎらめはついだべさ」

「じゃあ、最近は浜にお酒は……」

おしのがそう言ったから、

「考えでみりゃ、海へ流すのはもっだいねえべ」

「はまや」の一同は笑った。

時吉は沖のほうを見た。

日の光を受けて、わずかに赤みを帯びた雲が静かに流れている。そのさまは、海から大きな人が起き上がり、両手を天に向けて伸びをしているかのようだった。

みんな、そこにいる。

時吉はそう思った。

浄土は遠いところにあるわけではない。手を伸ばせば触れそうなところに、光の浄土がある。

みんな、そこにいる。

浄められ、光になって、そこにいる。

そして、まだこの世に生きている者を見守ってくれている。

その御恩の海へ、桜の花びらが流れていく。海があんなに青いから、花びらはたましいの色に染まって海へ散っていく。

海は、宝だ。

たとえ牙を剝き、多くの人の命を奪うことがあったとしても、ひとたび静まればまた御恩の光を放ち、さまざまな宝を届けてくれる。

舟唄が聞こえる。

浜のほうで、酔った漁師たちが歌いだした。手を拍《う》ち合わせながら、浜に伝わる古い唄を歌う。孝助もその輪に加わっていた。

おしのはその背をしみじみと見ていたが、やがておら一緒に手を拍《う》ちだした。おさちも続く。

おちよと時吉は顔を見合わせた。思いが伝わる。少し遅れて、江戸から逃げてきた二人も手拍子に加わった。

おんらぁが海で死んだらよぉ……

可愛いおめえはよぉ……

漁師たちの唄は続く。
花びらが流れる丘に嫋々《じようじよう》と響く。
その歌声が風にちぎれて、光の海へと消えていく。
ほどなく、拍手が響いて、舟唄が終わった。
時吉も手をたたいた。
そのせいで、うしろの気配に気づかなかった。
ひそかに忍び寄っている人影があった。
ようやく足音に気づき、時吉は振り向いた。
「探したぜ」
と、安東満三郎が言った。

三

「まあ、安東さま」

　おちよが声をあげた。

「久しぶりだな、おかみ。あの貼り紙はおかみの字だな？」

　まだ旅姿のあんみつ隠密がたずねた。

「ええ、『はまや』さんにお世話になってたので」

「ミツカサを訪ねたら、つんけんしたおかみが出てきて、『お断り申し上げました』などとぬかしやがる。こりゃ困ったことになったと思ったんだが、土地の者の話を聞けば、『はまや』っていう見世に江戸から凄腕の料理人が来てるっていうじゃないか。そんな料理人が二人とはいるまいと思ったら、案の定だったよ」

　安東は長い顔をほころばせた。

「ならば、江戸のほうは」

　時吉は立ち上がってたずねた。

「おう、カタがついたぜ。おかみにゃ悪いが、ちょいと人の耳を憚るんで、こっちへ来てくんな」

「はい」

　時吉は安東とともに花見の座を離れ、いくらか丘を上がった。

　ぽつんと一本、群れから離れた桜の木のうしろに回る。

「ずいぶんと時がかかっちまったが、腐ったところは全部捨てたぜ」

安東が言った。

「腐ったところ、と言いますと？」

「のどか屋さんも立ち聞きをしたんだから、おおかたの察しはついてたろうが」

あんみつ隠密はそう前置きをしてから、子細を語りだした。

こういう首尾だった。

互いに結託し、私腹を肥やしていたのは、次の四名だった。
御膳奉行の蜷川六蔵
御膳所御台所組頭の丸茂長十郎
御膳所御台所改役の湯原万作
献残屋の大判屋
武士の三名は切腹を仰せつかり、大判屋は死罪となった。
その罪の重さは、火を見るより明らかだった。
御膳所づとめの役人は、なにかと役得が多い。ただ、多めに食材を仕入れて献残屋に横流しをするくらいでは、べつに罪には値しない。余り物で弁当をつくり、宿直の侍などに売るのはむしろ重宝がられていたほどだった。

しかし、この四人は越えてはならぬ一線を越えてしまった。

御用達の利を一手に得ようと欲をふくらませた大判屋は、あきないがたきを取り除こうとたくらんだ。赤坂一ツ木町の上総屋《かずさや》さえいなければ、利の水はわがほうへいくらでも流れてくる。

魚心あれば水心だ。それとなく御膳奉行の蜷川に話を持ちかけたところ、大枚の袖の下を求められた。

蜷川ばかりでない。湯原と丸茂も一つ穴のむじなだった。ともに利をむさぼり、蓄財に励み、ひそかに吉原などで蕩尽《とうじん》を繰り返していた。

やがて話はまとまった。

哀れにも、赤坂一ツ木町の上総屋は、押し込みに遭ってつぶれた。あるじなどが殺《あや》められ、見世に火を放たれたのだ。

時吉は「濡れ手で粟とも思われるあきないだから、賊に目をつけられやすいのかもしれない」と思ったが、そうではなかった。出入りの献残屋と結託した御膳奉行が、配下の改役らと相談のうえ、息のかかった賊を放ったのだ。

もしこのことが知れたら、むろんただでは済まない。その秘中の秘にまつわる会話を、時吉は御城の中で立ち聞きしてしまったのだ。

改役の湯原と大判屋は、こんな会話を交わしていた。

「そち（大判屋）も御用達のあきんどとして、たいそうな羽振りであろうが」

「滅相もございません。利の薄いあきないでございまして」

「そうでもなかろう。利の水はすべてそちのほうへ流れておろうが」

「それもこれも、すべて湯原様のご配慮のおかげでございます」

「なに、真にご配慮されているのはお奉行（蜷川六蔵）だからな」

「はい、ありがたく存じております」

「ならば、賄賂《まいない》を多少増やしても罰《ばち》は当たるまい」

「それもお奉行様のご意向でございましょうか」

「そこまでそちが口出しすることはなかろう。目の上のたんこぶ（上総屋）を取り除いてやったのはどこのだれ（蜷川の命《めい》を受けたほかならぬ湯原）だと心得る？」

「はっ、申し訳ございません。すべては湯原様のおかげでございます。では、仰せのとおり、わが屋号に懸けましたもの（大判）をば、そっとお袖の下に」

話を立ち聞きしていたのが時吉だと察しをつけた一味は、後顧の憂いなきよう、上総屋と同じ手を使うことにした。のどか屋に火を放ち、口を封じるのだ。

こうして、すんでのところで難を逃れた時吉とおちよは、ほとぼりが冷めるまで江戸から離れた銚子で過ごすことにした。そのほとぼりが、とうとう冷めたのだ。

「ありがたく存じます。本当に、何と御礼を言ったらいいか」

時吉は深々と礼をした。

「水臭えことはなしにしようぜ、のどか屋さん」

安東は笑って手を振った。

「ただ、例の憎めねえ御仁のことなんだが……」

「上……じゃなくて、紫頭巾のお方のことですね？」

「そう。あの御仁に招かれて、また御城で料理をつくることは、この先ないと料簡してくんな」

「と言いますと？」

「私腹を肥やしていた三人は切腹を仰せつかったが、さてどのあたりまで息がかかっていたかというと、ちいとばかりもやもやしたところがあってな」

「すると、怪しいけれども御沙汰を免れた者もいると」

「そのとおりだ。そういうやつが残ってるかもしれないところへ、あんたがのこのこ顔を出したりして、一服盛られでもしたら後生が悪いからな」

「それは……わたしも願い下げです」

「だろう？　だから、それも手を打っておいた。残念ながら、のどか屋は火事で焼けちまったことにした。上様のささやかな楽しみを一つ奪っちまったが、これはまあしゃあああんめえよ」

さすがは諸国を旅することもあるあんみつ隠密、最後にさらっと銚子弁を織りこんでみせた。

「すると……あれは一期一会《いちごいちえ》だったんですね」

時吉は光を弾く海のほうを見た。

上様からは、最後にこんなお言葉を頂戴した。

「たまにはそちの料理を食したきもの。召されたときは、つくりに来てくりゃれ」

ありがたくも優しいお言葉をかけられた時吉は、胸の詰まる思いだった。

「必ず……まいります」

そう答えたが、その機会はもうなくなった。

「一期一会でも、忘れられねえ思い出になっただろう」

安東の言葉に、時吉はゆっくりとうなずいてから答えた。

「夢だった、と思うことにします」

「夢？」

「ええ。上様に召されて、御城で料理をおつくり申し上げたところ、台所人に取り立てると言われました。そんなことがありえましょうか」

「ねえな、普通は」

「一介の料理人なので、江戸の町で暮らしたい。町の人々とともに暮らし、ともに喜び、ともに嘆くような見世をやっていきたいと、上様に申し上げました。そんな夢から覚めて、いま、わたしはここにいます」

「いい夢だったな」

黒四組の組頭が笑った。

「ええ、いい夢でした。この銚子も、いいところでした」

時吉は瞬きをして、沖のほうを見やった。

光あふれる海は、たくさんの具をひそめた大きな椀汁のようだった。

人はそこに面影を見る。それぞれのなつかしい顔を見る。

宝の海がそこにある。

ときには恐ろしい牙を剝くこともあるが、平生《へいぜい》は穏やかに、恵みの光をたたえている。

時吉はいくぶん目を細くして、その御恩の海を見た。

「なら、銚子に骨をうずめるか？」

安東がいたずらっぽく問うた。

「いえ、待っているお客さんがいますから……」

その声が聞こえたわけでもあるまいに、おちよが時吉のほうを見て手を挙げた。

何を話していたのか、おさちとおしのが笑って頭を下げる。

女房のほうへ手を挙げ、万事解決したと身ぶりで告げると、時吉は後の言葉を続けた。

「江戸へ、帰ります」

第九章　鰹の胡麻味噌煮

一

「はまや」を閉めて、おさちもおしのも見送りにきてくれた。

それぱかりではない。「はまや」へ道案内をした船大工衆まで、時吉とおちよとの別れを惜しんで船着き場まで足を運んでくれた。

安東はべつの密命があるらしい。ひと足早く、いずこへともなく発《た》っていった。時吉とおちよ、二人だけでこれから江戸へ帰る。

「まだ来でおぐんな」

おしのが笑顔で言った。

「師匠に教わったお料理、ずっと大切にします」

おさちからは餞別がわりに干物をもらった。金目鯛の開きなら、それなりに日もちがする。江戸へ帰ったらのどか屋ですぐ出せるようにという心遣いだった。

「ありがたく存じます、みなさん」

おちよは声を詰まらせた。

江戸へ帰れるのは、もちろんうれしい。安東によれば、帰れば何か驚くようなことが待ち受けているらしい。笑顔で告げていたから、たぶん喜ばしいことなのだろう。

でも、せっかく親しくなった銚子の人たちと別れるのは寂しかった。ここは人情の港町だった。

「江戸へ行っだら、のどか屋に寄らしでもらうべ」

「そりゃ楽しみだべ」

「岩本町へ行っだら分がるがあ?」

船大工衆が口々に言う。

「ええ、狭い町なのですぐ分かります。角っこの分かりやすいところですし」

時吉がそう答えたとき、船頭が舟を出すという合図をした。

「なら、お達者で」

おさちが礼をする。

「『はまや』さんも、ご繁盛を」

「お達者で、おさちさん」

時吉とおちよが声をかけた。

「いんずれ、息子ど一緒に江戸見物へ行くべさ。気ィつげてな。風邪引がねえようにするべ」

舟は動きだしたが、おしのはなおも船着き場の端まで歩いてきた。

この顔を、忘れるまい……。

時吉はそう思った。

上様の顔は、あいまいな夢のように思い出せなくなっても、海で育ったこの女の顔は終生忘れるまいと思った。

「銚子がら、江戸でいちばんの料理人が帰るべ」

「のどか屋、万歳」

「万歳」

船大工衆が両手を挙げて見送る。

「みなさん、お達者で」

おちよが声を張り上げて手を振った。

「お達者で」

時吉も和す。

この銚子へ来て、新たな料理はほとんど覚えることがなかった。逆に、おさちにたんと料理を教えた。

だが、包丁の養いにはならなかったが、心の養いにはなった。海の幸とともに暮らしている人たちの思いを知った。その人情に触れた。

銚子へ来てよかった。

時吉は心の底からそう思った。

「お達者で……」

「さようなら」

舟は離れていく。

おさちとおしのの顔が見えなくなった。

それでも、影は見えた。

見送る者はずっと船着き場の端に立って、手を振ってくれていた。時吉とおちよを、いつまでも見送ってくれていた。

「帰ってこいよぉ。いづかまた……」

風にちぎれながらも、おしのの声は耳に届いた。

やがて、影はぽつんとした点になり、見えなくなった。

二

それから折にふれて宿を取り、江戸を目指した。

幸いにも長雨にはたたられなかった。長い足止めも食わず、江戸へ戻ってくることができた。

舟が河岸に着いたのは午過《ひるす》ぎだった。

「どうする、おまえさん。おとっつぁんのとこへ寄ってく？」

おちよがたずねた。

干物はむやみに持たされたから、半ばは長吉屋へ土産に持っていくつもりだった。

「そうだな……それもいいが、やっぱり見世が気になる」

「そうね。じゃあ、のどか屋へ」

「のどか屋へ」

二人はなつかしい道を歩いた。

桜はもうずいぶん散って、緑の葉が交じるようになった。いつもなら寂しさやわびしさも感じる景色だが、今年は葉の青さが目にしみた。

菅《すげ》の笠をかぶった苗売りがいい声で通り過ぎる。


朝顔の苗や、夕顔の苗……。


江戸ならではの物売りの涼やかな声に耳を澄ませているうち、行く手にのどか屋が見えてきた。

「あっ、猫」

おちよが行く手を指さした。

「のどかか？」

「違うよ。見たことのない子猫がいろいろいる」

おちよは足を速めた。

「もしや……」

時吉が思い当たったとおりだった。

裏手のほうから、白と茶の縞模様の猫が出てきた。

のどかだ。

のどか屋の看板猫は子猫のほうへ歩み寄ると、首筋をぺろぺろなめだした。

「のどか。あんたの子なの？」

おちよが声をかけると、のどかはそちらをちらりと見て、「ふん、いままで何やってたのよ」という目つきで見た。

「どうやらそのようだな。こいつは色も模様もそっくりだ」

時吉は一匹の猫を指さした。

金色の目も模様も、のどかにそっくりだった。ただし、しっぽは妙に短く、かぎのように曲がっている。

子猫は全部で三匹いた。

あとの二匹は、足の先だけいびつに茶色い白猫と、全体に白っぽい雉柄《きじがら》の猫だった。

「みんな、かわいい」

「安東様が言ってた『驚くこと』って、これだったんだな」

「ほんと、うれしい驚き。えらかったね、のどか」

おちよが首筋をなでてやると、初めは機嫌が悪そうだった猫はにわかに喉を鳴らしはじめた。

そのうち、やまとも出てきた。

時吉に身をすりよせ、手をぺろりとなめる。腹を見せて、背を地面にこすりつける。これは「遊べ」というしぐさだ。

「ごめんだったね、やまとも」

おちよが謝って手ぬぐいを出して振ると、ぶち猫は喜んでじゃれつきだした。

とにもかくにも戸を開けて、のどか屋に風を入れることにした。

「なつかしい……」

なおも猫に向かって手ぬぐいを振りながら、おちよが感に堪えたように言った。

のどか屋の匂いがした。

秘伝のたれは師匠の長吉屋に預けたままだが、去年越してきたばかりとはいえ、厨にしみついたものがある。その匂いを、時吉はなつかしくかいだ。

「また、あそこにお客さんが来てくれるね」

少しうるんだ声で、おちよが前のほうを指さした。

檜の一枚板だった。

「ああ。……帰ってきたな」

荷を土間に下ろし、時吉は息を含む声で言った。

「みゃ」

やまとがもっと遊べと求める。

のどかが足に体をすりつけて甘える。子猫たちは母猫のしっぽで勝手に遊びはじめた。

そうこうしていると、うしろで声が響いた。

「おお、時吉さん、おちよさん。帰ってきたのかい」

家主の源兵衛だった。

「まあ、家主さん」

「どうも長々とお世話になりました」

のどか屋の二人は頭を下げた。

「やっとご赦免になったのかい。よかったねえ」

店子を一人従えた人情家主は表情を崩した。

「おかげさまで、晴れて江戸へ戻ることができました」

「またのどか屋をがんばってやりますので、どうかよろしゅうに」

「これで岩本町の角に灯《ひ》が戻るね。角っこが暗いままだと沈んでいけないや。……お、そうそう」

家主は子猫を指さした。

「のどかがお産をしてね。こたびは四匹産んだんだ」

「すると、一匹は……」

おちよは少し顔を曇らせた。

「いや、死んだんじゃない」

源兵衛はあわてて言った。

「萬屋の子之吉さんがもう一匹欲しいと言ってね。あそこの息子さんがすっかり猫好きになったらしい」

「まあ、それでしたら。ありがたいことで」

おちよはにわかに愁眉《しゅうび》を開いた。

「おいら、ひとっ走りほうぼうへ触れてきまさ」

「おう、頼むよ」

「へい」

店子は野菜の棒手振りの富八《とみはち》、のどか屋にも食材を運んでくる男だ。気心が知れているし、すぐ動いてくれるから重宝だった。

のどか屋の二人が戻ってきたという話は、たちまち町じゅうに広まった。

なつかしい顔が次から次へと訪れてくれた。時吉は旅装《りょそう》を解いていつもの作務衣に着替え、江戸に帰った初日から厨に立った。

「いただいたのは、この猫です」

質屋の子之吉が籠に入った猫を連れてきた。

三毛猫だが、顔のあたりはおおむね白い。どうやらのどかの今年のお相手は白猫だったようだ。

「まあ、かわいい。上のおよしちゃんと仲良くしてますか？」

おちよがたずねる。

「連れてきた当座は慣れませんでしたが、こないだは一緒に丸まって寝ていましたから、もう大丈夫でしょう」

背筋の伸びたまっすぐな質屋は笑顔で答えた。

「ありがたいねえ、こうやってのどか屋さんがまたのれんを出してくれると。息を抜きにいくところが近場になくってさ」

湯屋の寅次が言った。

「それで、うちにまで油を売りにきましたよ」

子之吉が言ったから、のどか屋に笑いがわいた。

そのうち、なじみの職人衆や大工衆も顔を出してくれた。

あきない物の盥《たらい》や漬物桶などを、無事帰ってきた祝いだと言って持ってくる。銚子ばかりではない。ここでも人情が心にしみた。

「ときに、のどか屋さん。福猫を一匹くれねえか？　うちの娘が猫を飼いたいって言うもんでね」

湯屋のあるじが言った。

「おとせちゃん、うちののどかもかわいがってくれてたからね。そりゃもう、こちらからお願いしたいくらいで」

「お好きな猫をお持ち帰りください」

「そんなら、おいらもかかあに一匹、持って帰ってやろうかと」

職人衆の一人が手を挙げた。

「おめえのかかあ、食っちゃいそうだがよう」

「馬鹿言え。顔は鬼瓦みてえだが、猫は娘の時分から三度の飯の次に好きだったって言ってる」

「へえ、おめえのかかあにも娘の時分があったんか」

「初めからあの顔じゃなかったんだぜ。娘の時分は小町娘と呼ばれてたそうだ……家の中だけで」

「とんだ箱入り娘だな」

そんな調子で話が弾んだ。

「うちは一匹だけ残ればいいんで。猫だらけになっても困りますし」

時吉は言った。

「なら、のどか屋さんに残す猫を先に選んでもらいましょうや」

湯屋のあるじが職人を見た。

「そりゃようがすよ。うちは普通の猫で、猫又じゃなけりゃなんでもいいんで」

話がまとまった。

残す猫は、さほど迷わずに決まった。時吉とおちよが選んだのは、のどかと同じ金目で茶虎柄の子猫だった。かぎしっぽをぴんと立てて歩くしぐさがことにかわいくて気に入ったのだ。

せっかくお客さんが来てくれたのだから、あいにく飯はないが、ふるまえるものはふるまうことにした。

何も仕入れてはいないけれども、土産の干物ならたんとある。ひとまずこれをあぶることにした。

「おろしにするんで、大根が一本あると好都合なんですが」

時吉が言うと、打てば響くように野菜の棒手振りが手を挙げた。

「なら、おいら、長屋までひとっ走りして取ってきまさ。売れ残りで悪いけど、しょうがねえから漬物にしようかと思ってたくらいなんで」

富八はそう言うと、さっそく尻をからげて出ていった。

酒はある。

上等の下り酒も見世に残していったのだが、留守中に忍びこんで呑むような不届き者はこの町にはいない。

時吉は火をおこし、金目鯛の干物を網に乗せてあぶりだした。頃合いを見て、刷毛で味醂と酒を交ぜたものを塗る。化粧を施された干物はいい感じの脂《あぶら》を浮かせはじめた。

富八が帰ってきた。

「お代はいいから。御祝儀で」

「それはありがたく」

おちよが受け取る。

「急いでおろしをつくってくれ、ちよ」

「あいよ」

ほどよく焼き上がった干物に、醬油をたらした大根おろしを添えればできあがりだ。干物だけ食べてもいいが、好みでおろしを添えれば味わいが変わる。一皿で二度楽しむことができる。

「銚子仕込みの料理だね」

「おお、こりゃうめえ」

「あごが落ちそうだ」

評判は上々だった。

酒にも合う。座敷でも一枚板の席でも、猪口が気持ちよく動いた。

勧められるままに、時吉も呑んだ。久々に呑む下り酒は、五臓六腑《ござうろっぷ》にしみわたるかのようだった。

いままで猫だけで暮らしてきたのに、どやどやと人が入ってきて勝手が違うのか、なかには物陰に隠れてしまった猫もいた。だが、金目の子猫は人なつっこいたちらしく、べつだん逃げもせず、時吉とおちよが立ち働くさまを面白そうにながめていた。

「あ、そうだ、おまえさん。この子、名前は何にする？」

運びものを終えたおちよがたずねた。

「そうだな……」

時吉の脳裏に、ふと顔が浮かんだ。

おさちとおしの、銚子で見送ってくれた二人の女の顔だ。

「『はまや』の人たちの顔が浮かんだんだが」

「でも、『おはま』っていう感じじゃないね」

と、かぎしっぽの子猫を見る。

「おさちさんとおしのさんから一文字ずつもらうのはどうかな？」

「ああ、なるほど。おさし、は変だから、おちの……だと、あたしとまぎらわしいか」

「ただの『ちの』でいいだろう。小さいの、の略にもなるから」

「そうね。……ちのちゃん」

おちよが呼びかけると、心得たわけでもあるまいに、子猫は元気のいい声で「みゃあ」とないた。

三

それから半月ほど経った。

鰹の便りがあちこちで耳に届き、青葉が目にしみるほど濃くなる心地いい季《とき》だが、おちよの具合はあまり芳しくなかった。

おおかた疲れが出たのだろう。しばらく休めば治るはずだと時吉は思っていたのだが、案に相違して不調は続いた。厨に入ると、気持ち悪そうにしたりする。

案じた隠居の季川が、清斎《せいさい》のところへひそかに足を運んでくれた。のどか屋が三河町にあったころ、近くに住んでいた青葉《あおば》清斎は折にふれて顔を見せ、時吉に薬膳の要《よう》諦《たい》を教えてくれていた。

その清斎が、季川とともに姿を現した。続けて見世先に駕籠が止まったと思ったら、中からなつかしい顔が現れた。

それればかりではない。妻の羽津《はつ》もともなっていた。

「まあ、清斎先生に羽津さんまで」

おちよが目をまるくした。

「往診の帰りですか？」

時吉がたずねたのも無理はなかった。

清斎も羽津も、これから患者を診るようないで立ちだった。羽津の白衣が神々《こうごう》しく見える。

「いえ、これからです」

清斎はそう答え、思わせぶりに羽津の顔をちらりと見た。

「まあ、それはお忙しいところを。どちらまでいらっしゃるんです？」

おちよが問うと、羽津は笑みを浮かべて答えた。

「ここですよ、おちよさん」

と、下を指さす。

「は？」

「のどか屋のおちよさんの診察に来たんです」

「えっ、でもわざわざ……」

「年寄りはいろいろと差し出がましいことを考えるものだからね」

季川はそう言って笑った。

「では、さっそく」

羽津はおちよの診察を始めた。

脈を取り、舌や目を診て、心の臓の音を聴く。

そのかたわら、食べ物の好みなどや血の道などについて短く問うていく。

もしや、と時吉は思った。

隠居の顔を見る。

季川は穏やかな笑みを浮かべてうなずいた。

ややあって、診立てが下された。

「秋には、のどか屋さんに声が増えますよ。元気な赤ん坊の泣き声がね」

羽津はそう言った。

「まあ……ありがたく」

おちよは礼をすると、大事そうに両手で自らのおなかを押さえた。

「よかったね、時さん」

一枚板の席から、隠居が声をかけた。

「ありがたく存じます。ほんとに、ありがたいことで」

時吉は何度も「ありがたい」と言った。ほかに言葉が見つからなかった。

「おちよさんは一人の体じゃないわけですから、どうか無理をさせないようになすってください」

羽津が言った。

「食べ物の好みはずいぶんと変わると思います。食べたいものを食べさせるのがいちばんですが、あまり体を冷やさないように。時吉さんには薬膳のお話をいろいろとさせていただきましたから、そのあたりに抜かりはないと思いますが」

清斎が心得を教える。

「承知しました」

「なんだか妙なものが食べたくなったりするんです。おなかの赤さんが欲しがっているのかしら」

おちよが小首をかしげる。

「わたしのときは、干し芋ばかり食べたくなりました。そんなもの、それまでは全然食べなかったのに」

「干し芋ですか？」

「何度も買いにいったことを憶えています」

と、清斎。

「この際だから、食べたいものを存分に食べさせてもらうんだね」

隠居が言った。

「なら、手初めに……」

おちよは時吉を見た。

「手初めに？」

「売り物で、まだ高いからと思ってたんだけど……」

「鰹か？」

「当たり」

おちよはおどけたしぐさをした。

「だったら、ちょっと凝った料理にしてやろう」

時吉はそう言って、両手をぱんと一つ打ち合わせた。

清斎と羽津の診療所は、今日は半休らしい。祝いの膳というほど豪勢なものではないが、おちよと一緒に味わってもらうことにした。

初鰹の季《とき》は過ぎたが、まだ値が落ち着いていない頃合いだ。その上物の鰹を使って、時吉は思いをこめた料理をつくった。

刺し身でも食べられる鰹の身を食べよい大きさに切り、鍋で煮る。水に加えるのは酒と味醂、三温糖と醬油、それに生姜のみじん切りだ。これは臭みを取り、深いうまみを引き出すためのひと工夫だった。

あくを取ってから落とし蓋をして、またしばらく煮る。

そのあいだに、例によって湯屋の寅次が油を売りにきた。

「のどか屋さんに跡継ぎができるのかい。そいつぁめでたい。そっそく祝いをしなきゃ」

見世の中がさらに華やいだ。

鰹の料理は、ここからさらに手間をかける。小鉢に味噌を入れ、煮汁で溶き伸ばしてから鍋に加えて味がしみるまで煮る。

仕上げは胡麻だ。

炒った白胡麻を鍋に投じ、最後に胡麻油をかけて、鰹にからめて火を止める。

器に盛ったあと、残った煮汁で分葱《わけぎ》がしんなりするまで煮て付け合わせればできあがりだ。

「鰹の胡麻味噌煮でございます」

秋には子を産む女房に向かって、時吉はうやうやしく初めの鉢を捧げた。

「わあ、おいしそう」

おちよが笑顔で受け取る。

「その料理には何かこころがあるのかい？　時さん」

隠居がたずねた。

「息災を願う護摩《ごま》を焚く代わりに、鰹の胡麻味噌煮を炊いてみました」

「うまいっ」

寅次がひざを打った。

湯屋のあるじは口が軽い。のどか屋に跡継ぎが生まれる話は、たちまち町じゅうに伝わるはずだ。明日からは、客が次々に訪れて祝いを言ってくれるだろう。

時吉がつくった料理を、おちよは感慨深げに口に運んでいた。

やがて、その目尻から、つ、とひとすじ、水ならざるものがしたたった。

味に、思いがこもっていた。その思いに、おちよは打たれたのだ。

みゃあ、と猫がなく。

すっかりのどか屋になじんだ子猫のちのが、けげんそうにおちよを見上げていた。

「……おいしい」

と、おちよは言った。

ほかの言葉はいらない。それだけで十分だった。

「さて、ここはどうあっても……」

季川がそう言って、ふところからやおら矢立てを取り出した。どうやら餞《はなむけ》の句を詠むつもりらしい。

おちよは食べ終えて両手を合わせた。

期せずして拍手がわく。

「では、ご隠居さんの餞の句を」

清斎がうながした。

「そう期待されると困るんだがね」

そう前置きしてから、隠居は持ち前の達筆でこうしたためた。

さづかるや目にうつるものみなみどり

「目にうつるものみなみどり……」

おちよが声に出して読む。

「表を歩いていると、青葉がきれいでね。清斎先生の名字も『青葉』だし、それを詠もうと。もちろん、嬰児《みどりご》のみどりとも懸《か》けてあるよ」

「ありがたく存じます」

「ほんに、ありがたく……」

これから一緒に歩いていく道が見えたような気がした。

時吉にも、おちよにも見えた。

光あふれる、緑の道が続いている。

いまはまだ初夏《はつなつ》だが、やがて夏は闌《た》け、過ごしやすい秋がやってくる。

道の果てに、新たないのちが待っている。

その悦びの道が、のどか屋の二人には見えるかのようだった。

[参考文献一覧]

松下幸子『図説江戸料理事典』(柏書房)
川口はるみ『再現江戸惣菜事典』(東京堂出版)
福田浩、松下幸子『料理いろは包丁　江戸の肴、惣菜百品』(柴田書店)
松下幸子・榎木伊太郎編『再現江戸時代料理』(小学館)
島崎とみ子『江戸のおかず帖　美味百二十選』(女子栄養大学出版部)
道場六三郎『鉄人のおかず指南』(中公文庫ビジュアル版)
『道場六三郎の教えます小粋な和風おかず』(NHK出版)
鈴木登紀子『手作り和食工房』(グラフ社)
神田浩行『日本料理の贅沢』(講談社現代新書)
志の島忠『日本料理四季盛付』(グラフ社)
遠藤十士夫『日本料理盛付指南』(柴田書店)
山田順子『江戸グルメ誕生』(講談社)
大久保洋子『江戸のファーストフード』(講談社選書メチエ)
大久保恵子『食いしんぼの健康ごはん』(文化出版局)

白倉敬彦『江戸の旬・旨い物尽し』（学研新書）
永山久夫『大江戸食べもの歳時記』（グラフ社）
浜田義一郎『江戸たべもの歳時記』（中公文庫）
『和幸・高橋一郎のちいさな懐石』（婦人画報社）
『和食のシンプルレシピ』（オレンジページ）
藤井まり『鎌倉・不識庵の精進レシピ　四季折々の祝い膳』（河出書房新社）
熱田陽子『野菜の切り方ＢＯＯＫ』（集英社）
『クッキング基本大百科』（集英社）
『復元江戸情報地図』（朝日新聞社）
笹間良彦『江戸幕府役職集成〈増補版〉』（雄山閣）
稲垣史生『三田村鳶魚江戸武家事典』（青蛙房）
稲垣史生『三田村鳶魚江戸生活事典』（青蛙房）
今井金吾校訂『定本武江年表』（ちくま学芸文庫）
長谷川強ほか校訂『嬉遊笑覧』（岩波文庫）
宇佐美英機校訂『近世風俗志』（岩波文庫）
笹間良彦『大江戸復元図鑑〈庶民編〉』（遊子館）

三谷一馬『江戸商売図絵』（中公文庫）
北村一夫『江戸東京地名辞典　芸能・落語編』（講談社学術文庫）
西山松之助編『江戸町人の研究』（吉川弘文館）
平井聖監修『江戸城と将軍の暮らし』（学習研究社）
安藤優一郎『江戸城・大奥の秘密』（文春新書）
林美一『江戸の二十四時間』（河出文庫）
三上参次『江戸時代史（下）』（講談社学術文庫）
大木衛『銚子半島の歳事風俗誌』（東京文献センター）
鈴木理生編『東京の地理がわかる事典』（日本実業出版社）
やきもの愛好会編『よくわかるやきもの大事典』（ナツメ社）
『まっぷるマガジン　千葉・房総09』（昭文社）
乙川優三郎『むこうだんばら亭』（新潮文庫）
小早川涼『包丁人侍事件帖』シリーズ（学研M文庫）
大屋研一『大利根開化伝　江戸末船頭三代記』（三五館）
ホームページ「銚子弁の極意」「銚子弁講座」
「千葉県外房地域の津波被害年表」

時代小説
二見時代小説文庫

面影汁《おもかげじる》　小料理《こりょうり》のどか屋《や》 人情帖《にんじょうちょう》6

著者　倉阪鬼一郎《くらさかきいちろう》

発行所　株式会社 二見書房
東京都千代田区三崎町二-一八-一一
電話　〇三-三五一五-二三一一［営業］
　　　〇三-三五一五-二三一三［編集］
振替　〇〇一七〇-四-二六三九

印刷　株式会社 堀内印刷所
製本　ナショナル製本協同組合

落丁・乱丁本はお取り替えいたします。
定価は、カバーに表示してあります。

ISBN978-4-576-12097-3
http://www.futami.co.jp/

二見時代小説文庫

倉阪鬼一郎 小料理のどか屋 人情帖1～6
浅黄斑 無茶の勘兵衛日月録1～14
八丁堀・地蔵橋留書1
井川香四郎 とっくり官兵衛酔夢剣1～3
江宮隆之 十兵衛非情剣1
大久保智弘 御庭番宰領1～6
火の砦 上・下
大谷羊太郎 変化侍柳之介1～2
沖田正午 将棋士お香 事件帖1～3
風野真知雄 大江戸定年組1～7
喜安幸夫 はぐれ同心 闇裁き1～7
楠木誠一郎 もぐら弦斎手控帳1～3
小杉健治 栄次郎江戸暦1～8
佐々木裕一 公家武者 松平信平1～4
武田櫂太郎 五城組裏三家秘帖1～3
辻堂魁 花川戸町自身番日記1

花家圭太郎 口入れ屋 人道楽帖1～3
早見俊 目安番こって牛征史郎1～5
居眠り同心 影御用1～8
幡大介 天下御免の信十郎1～8
大江戸三男事件帖1～5
聖龍人 夜逃げ若殿 捕物噺1～5
藤井邦夫 柳橋の弥平次捕物噺1～5
藤水名子 女剣士 美涼1
牧秀彦 毘沙侍 降魔剣1～4
八丁堀 裏十手1～3
松乃藍 つなぎの時蔵覚書1～4
森詠 忘れ草秘剣帖1～4
剣客相談人1～5
森真沙子 日本橋物語1～9
吉田雄亮 新宿武士道1
俠盗五人世直し帖1